エリート警視正は溺愛旦那さま

～幼馴染みの彼との契約婚で懐妊しました～

marmaladebunko

橘　柚葉

marmalade bunko
マーマレード文庫

目次

エリート警視正は溺愛旦那さま
～幼馴染みの彼との契約婚で懐妊しました～

プロローグ

「私、誠司《せいじ》くんに慰めてもらいたいんです」

一体、私は何を言っているのだろう。自分でもよくわからない。

目の前にいる彼は、私の突拍子もない懇願に目を見開いている。

何度か瞬きを繰り返しながら、戸惑いを隠せないでいるようだ。

しかし、驚くのも当然だろう。

彼にしてみたら、同情で結婚してあげた妹分がいきなり抱いて欲しいとお願いしてきたのだから。

こうなることは、わかっていた。でも……。

——やっぱり、困らせちゃったよね……。

キュッと唇を噛《か》みしめて、胸の痛みをごまかす。

暴挙だと自分でもわかっている。だけど、言わずにはいられなかった。

一生結婚をしない。彼はそう決めていたのに、信念を曲げてまで私と結婚をしてくれた。とても優しい人だ。

そんな彼に対して、最初は申し訳なさが込み上げてきて辛かった。

だけど、今はもっと違った切なさが胸の中に住みついているのがわかる。そのことに気がついてしまった。

あのまま、何も知らずにいられればよかったのに。何度もそんなふうに考えた。

でも、この気持ちをこれ以上ごまかせない。

――お願い、何も言わずに……抱いて。

心で強く望んでも、さすがに言葉にはできなかった。

ただ、今このときだけでいい。誠司くんに一人の女性として見てもらいたかった。

「ダメですか？　誠司くん」

涙目で彼を見つめた瞬間。その大きな腕の中へと導かれていた。

一瞬、訳がわからなくなって頭が真っ白になる。

彼の熱を感じて、ようやく自分が抱きしめられているのだと実感した。

自分から慰めて欲しいとお願いしたのに、頭の片隅ではこんな展開を信じられずにいる。動揺を隠せない。

「――っ！」

何か誠司くんが口走った。だが、呆然《ぼうぜん》としていた私の耳に彼の声は届かないまま、私は彼によってベッドに押し倒されていたのだ。

彼の手が私の頬に優しく触れてくる。その大きな手のひらは、とても温かくて安心できた。くすぐったいけど、気持ちがいい。

優しい手つきに酔いしれていると、彼は急にその動きを止める。

「誠司くん？」

ハッとして息を呑んだ。見知らぬ男の人に見えたからだ。

今まで見たことがない顔で、彼は私を見下ろしている。

情欲を孕《はら》んだ、誠司くんの目。

いつもは優しげなのに、今はその片鱗《へんりん》さえも見えない。

少しだけ怖く感じる。だけど、それは最初だけだった。

誠司くんが齧《かぶ》りつくようなキスをしてきたからだ。

「っふ……んんっ、ぁ……ん」

鼻から抜ける甘ったるい声。私から零れているなんて信じられない。

彼は何度も角度を変えては、私の唇を貪《むさぼ》ってくる。

深く情熱的なキスは、私の中にある何かを確実に変えていく。

唇が、舌が、手が、視線が……、彼のすべてを使って私を愛撫してくる。

彼は私から服をすべて剥《は》ぎとり、身体に触れてきた。そのたびに甘く鳴いてしまう。

——夢、だよね……？

抱いて欲しいとお願いしたのは私だ。

だが、断られると思ってお願いしたので、この現状に感情が追いつかない。

でも、これは紛れもない現実。今、私の身に起こっているのだ。

驚きは大きいが、誠司くんが私を妹分ではなく、ただの女性だと認識してくれたのが嬉しい。

いつもは、お兄さん風を吹かしている誠司くん。それなのに、今は雄の顔をして私を欲している。

整った顔、鍛《きた》え抜かれた身体。誰もが見惚れてしまうほど魅力的な男性だ。

常に素敵な彼だが、今はいつもよりセクシーで、堪らなくなるほど淫らに見えた。

——私、このまま。誠司くんに溺《おぼ》れてしまいたい。

彼に身体を弄《まさぐ》られながら、頭の片隅で必死に懇願をした。私を愛して、と。

だけど、本当はわかっている。

そんな未来を望んではいけないんだって。

私と彼は、幼なじみ。血の繋がりのない、兄と妹のような関係。それを崩すわけにはいかない。

誠司くんとずっとずっと仲良くしていくためには、絶対に兄妹というラインから出てはいけないのだ。だけど――。

今夜だけは、そのラインを消してしまおう。

明日の朝、もう二度と消えないように二人の境界線をしっかりと引いてしまえばいい。

だから、今だけは男と女。雄と雌として身体を蕩《とろ》かしてしまいたい。

――境界線なんて引けないように、溶《と》け合ってくっ付いてしまえばいいのに。

心に住む、もう一人の私が耳元で囁いてくる。

だけど、その声を掻き消すように、私はただ誠司くんからの愛撫に身を任せた。

甘くて幸せで、そして切ない夜が過ぎてゆく。

このあと、誠司くんとの子どもがお腹に宿っていることが判明して驚愕することになるなんて思いもせずに……。

私はただただ、一夜の恋に酔いしれた。

1

「うわぁ……。冷えてきたかも」

昨夜タンスの奥底から引っ張り出してきたマフラーを口元まで上げて、身体を震わせる。

ほぅ、と小さく息を吐《は》けば白く煙って消えた。本格的な冬は、そこまでやってきている。

十一月下旬の夕方、青紫色の空を見上げる。もうすぐで日没だ。

ただ、夕日も地平線に落ちていくのを躊躇《ためら》っているように、少しだけ夕焼けの名残がある空。やがて、この辺り一帯は闇に包まれていくのだろう。

帰りを急ぐサラリーマンたちが背を丸めて足早にと駅へ向かう道を歩いていく。

その後に続くように、私も駅へと足を向けた。

時折身体に吹きつけてくる風が、秋から冬へと移り変わっていく様を伝えてくるようだ。

街路樹のいちょうからは、ハラハラと黄金色の葉がダンスを踊るように落ちていく。

路肩には、すでに落ち葉が降り積もっていた。

この光景が消えれば、すぐに年末へと突入していく。

今年も一年あっという間だったな、と小さく息をつく。

急に強い風が吹きつけてきた。セミロングの髪が乱れてしまう。

少々纏《まと》まりがなくなってきた髪を見て、そろそろ美容室に行かなくちゃなと頭の片隅で思う。

カラーリングもしたい。今度は少しだけ落ち着いた色味にしようか。

そんなことをつらつらと考えながら、クリスマスカラーに彩られた街を闊歩《かっぽ》していく。

西花心愛《にしはなここあ》、二十四歳。百五十五センチという小柄な体型で、オリーブブラウンのセミロングの髪はつやつやしていてチャームポイントだと言える。

控えめで大人しい、田舎にいそうな素朴な女の子。周りからはそんなふうに言われている。

私は短大を卒業後、地元の企業に就職。

両親は小学校に上がる前に相次いで亡くなり、私は祖母に育てられた。

育ての親である祖母も昨年三月に亡くなってしまい、泣き暮らす日々。

地元を愛していたけれど、どうしても祖母との思い出が蘇《よみがえ》って寂しくなっては泣いてを繰り返していた。

一周忌を終えてもなかなか気持ちの整理がつかず、砂を噛むような毎日。

これではいけないと一念発起した私は、異国情緒溢《あふ》れるこの都市で再就職を果たして築三十年というアパートに住み始めた。

こちらに移ってきて、早八ヶ月。都会の生活に慣れてきたところだ。

日々が忙しすぎて、祖母とのことを考える時間は少しずつだが減ってきている。

泣き暮らしていた日々よりは、今の状況の方がいいはずだ。

こうして都会に出てきたのは、これからの人生を歩んでいくためには必要だった。

しかし、天涯孤独の身になってしまった。一人で生きていかなければならない。

そう思うようにしている。

そう思うと気が引きしまるのと同時に、なんとも言えぬ寂しさが込み上げてきてしまう。

鼻の奥がツンとして痛む。こっそり鼻を啜《すす》っていると、「西花さん」と声をかけられた。

その声に聞き覚えがあり、私は慌てて振り返る。

そこには、私の勤め先と取り引きのあるリース会社の社長、海道《かいどう》さんがにこやかに立っていた。

「こんばんは、海道さん。今、お帰りですか？」

「ええ」

誰もが振り返るような素敵な男性だ。今もこうして立っているだけで、女性たちの視線を奪っているのだから本当にすごい。

彼は、よくうちの会社に商談にきているのだが、今日はこの辺りにある他社にやってきていたのだろうか。

彼と初めて会ったのは、ひと月ほど前。他部署の社員であまり面識がなかった中年男性にセクハラされそうになっていたのを、助けてもらったのがきっかけだ。

それから社内で会うことが増えて顔見知りになり、こうして声をかけられたりするようになった。

とはいえ、相手は取引先の社長でもある。

綺麗な顔でほほ笑まれると、胸がときめく前に恐れ多いと感じてしまっているのだけれど。

「西花さんも、今からお帰りですか？」

「はい」

「それでしたら、駅までご一緒してもいいですか?」

「え?」

思わず足を止めて背の高い彼を見上げる。不思議に思っていると、海道さんも足を止めた。呆《ほう》けている私を見て、彼は柔らかな表情で聞いてくる。

「どうされましたか?」

「あの……。海道さんは、車でお越しになったのではないんですか?」

以前、オフィスビルの地下駐車場から海道さんを乗せた車が出ていくのを見かけたことがあるが、あれは見間違いだったのか。

不思議に思っていると、彼はクスクスと軽やかに笑い声を上げた。

「大丈夫、その辺りはお気になさらず」

「え?」

「さぁ、駅までお送りしますよ。女性の一人歩きは危険ですから」

「で、でも! 大丈夫です。そんなに暗い道は通りませんし」

戸惑って大きな声を上げてしまう。

なんと言っても初対面がセクハラをされているときだった。私のことを危なっかしい子だと思っているに違いない。

駅までの道のりはさほど遠くはないけれど、それでも海道さんの手間になってしまうはずだ。丁重にお断りした方がいい。

困惑している私の顔を覗《のぞ》き込んできた彼は、どこか有無を言わせないような笑顔を向けてきた。

海道さんは、私の背中にソッと手を置いて促してくる。

それに押されて歩き出すと、彼は煌《きら》びやかなイルミネーションを見上げた。

「クリスマスまで一ヶ月を切りましたからね。あちこちがライトアップしていて美しい」

「……は、はい」

「いい大人の男が一人でイルミネーションを見て心躍らせているところを他人に見られたくないという、ちょっとした見栄なんです。西花さん、駅までの道のりで構いませんので付き合ってくれませんか？」

「それなら……。お付き合いさせていただきます」

ただの口実に過ぎないのだろうことはわかっている。

彼は私を一人で帰すのが心配だった。だけど、私があまりに遠慮するから、こんな口実を考えたのだろう。

彼の優しさがしみて、胸がジーンとする。

地元から出てきたばかりで、あまり知り合いはいない。

大都市では、人間関係の希薄さを感じずにはいられなかった。

だけど、都会も捨てたものではない。そんな気持ちになって嬉しくなる。

「では、参りましょう」

「はい」

さりげなく私を車道から遠ざけ、彼はゆっくりとした歩調で歩き出す。

こんなふうにスマートにエスコートができるところは、さすがは大人な男性というべきか。

歩きながら通りに面したお店を見れば、どこもかしこもクリスマスカラーで彩られている。

この時期は特に予定がなくとも、やっぱり心が躍ってしまう。

ウキウキした気分で足取りも軽くなっていると、隣を歩く海道さんが話しかけてくる。

「もうすぐクリスマスですね」

「はい。あと少しですね」

彼の足が大きなクリスマスツリーの前で止まった。私も足を止め、一緒にツリーを見上げる。

白と青を基調としたLEDライトで彩られたツリーは、とにかく大きくて目を引く。

無言のままツリーを見ていると、「西花さん」と海道さんが声をかけてくる。

隣に視線を向けると、彼は柔らかい口調で聞いてきた。

「クリスマスのご予定は？」

「えっと、仕事です」

今年のクリスマスイブ、そしてクリスマスは土日だ。

土日祝日休みの私は通常ならお休みだが、この日だけは例外らしい。

我が社はイベント会社だ。クリスマス時期はイベント目白押し。仕事は多忙を極めると聞いている。

私は事務員として働いているので、通常はオフィスから出ることはない。

だけど、クリスマスイブ、そしてクリスマスはイベント会場に駆り出されるらしい。

入社して初めてのクリスマスイブ、クリスマスシーズンなので、どれほど忙しいのかはわからない。

本当に大変なんだよ、と聞かされているので戦々恐々になっているのだ。

海道さんにそう伝えると、彼は肩を竦《すく》めた。

「そうですか……」

「どうかされましたか?」

何か困り事だろうか。彼を見つめると、なぜか先程までの表情とは打って変わり真剣な表情になっていた。

海道さんには助けてもらった恩があるので、いつかお礼をしたいと思っていた。

どんな内容の悩みを抱《かか》えているのかわからないが、私でできることならばしてあげたい。

そんな気持ちを込めて「私でよければお話を聞きますけど……」と口を開きかけたときだった。

グラリと身体と視界が揺れる。不安定になった身体は、何者かの大きな手によって支えられた。

だが、ホッとしたのもつかの間。誰かが私の肩を抱き寄せてきた。

え、と驚いて隣に立つ人物を見る。

思わず目を見開き、胸が高鳴ってしまう。カッコイイ……。

スーツ姿の男性は、とても背が高く大柄だった。

筋肉質なその身体は鍛えられているのが素人目《しろうとめ》からもわかる。

精悍《せいかん》な顔立ちだ。キリリとした眉、高い鼻梁《びりょう》、頬から顎にかけてのシャープなライン。

短く切り揃えられた黒髪は艶やかで、清潔感に満ちている。

胸板の厚さ、肩幅の広さ。どこを見ても男らしくガッシリとした身体の持ち主だ。

――ものすごくドキドキする！

このシチュエーションにもドキドキしているが、この男性の雰囲気に圧倒されてしまった。

恍惚としてしまうほどの魅力を感じて、心臓が壊れるのではないかと心配になるほど高鳴ってしまう。

海道さんが中性的なイメージだとすれば、この男性はまさに雄といった感じで男性的なセクシーさを兼ね備えている。

あり得ない状況に抗議して、この大きな手を撥《は》ねのけるべきだとわかっている。

だけど、目が離せない。胸がときめきすぎて、どうにかなってしまいそうだ。

突然現れた男性の意志が強そうな目は、海道さんに向けられている。

なかなかに絵になる二人ではあるが、そんな悠長なことを考えている場合ではない。

この場から逃げ出したくなるほどの不穏な空気が流れている。

その男性は、決して海道さんを睨《にら》んではいない。だが、厳しく冷たい視線を向けているのはわかった。

一方の海道さんは男性を見て一瞬驚いた表情を浮かべたが、すぐにいつもの冷静な様子に戻って私の肩を抱いている男性をジッと見つめている。

両者一歩も引かない様子で、私としてはただ双方の顔を交互に見つめるだけしかできない。

――どうしたらいいの？

頭の中がパニックに陥ってしまっている。考えれば考えるほど、ますます混乱を極めていく。

一番の疑問は、突如として現れたこの男性だ。

一体、この男性は誰なのだろう。私の知り合いにはいないはずだ。

となれば、海道さんの知り合いということになるのか。

こうして見てみると、お互い顔見知りのような雰囲気を感じる。

この重い空気に白旗をすでに振っている私は、「お知り合いですか？」などと声をかけられるはずもなく……。困惑していると、私の肩を抱いている男性はこちらに視線を向けてくる。

「待たせて悪かったな」

あたかも私と待ち合わせをしていたかのように、言ったのだ。

驚きの声を上げそうになったが、彼の目を見て咄嗟《とっさ》に口を噤《つぐ》む。

黙っていろ。彼の威圧的な目がそう強く言ってくる。

その命令に心の中で大きく頷《うなず》いたが、私の意思に反している。

恐怖を感じて口を閉じてしまったというのが正しいかもしれない。

どうして、こんなことになっているのだろう。緊張と驚きで心臓が痛いほど脈打っている。

ただ、口を挟めるような状況ではないことだけは伝わってくる。

男性は私を守るように背後へと押し隠したあと、海道さんに冷酷な声で言った。

「お前が手を出すような女じゃないだろう?」

「……」

言われた海道さんは、ピクリと右眉を動かした。だが、それだけだ。

威圧的な態度を終始崩さないこの男性に対して、海道さんは至って冷静に見える。

怒鳴り合っているわけではない。だけど、一触即発な雰囲気は肌で感じる。

何かを読み間違えれば、すぐさま諍《いさか》いが始まるかもしれない。そんな緊張感が目の前の二人の空間を包み込んでいた。

どうしたらいいのかわからず慌てるが、私が口を出していいような雰囲気にはとても思えない。

突然現れたこの男性の背中を見る。見ず知らずの人なのに、なぜだろう……とても守られている、そんな気がした。

ふと視線をずらすと、彼の肩越しに海道さんが見える。

一瞬、彼と目が合うと、いつもは涼やかな目が悲しみに満ちているように見えた。

心配になって話しかけようとしたのだが、海道さんと対峙《たいじ》していた男性が急に振り向いて私の身体を反転させる。

先程まで海道さんに向けていた厳しく冷たい目ではなく、フッと一瞬だけ目元が和《やわ》らいだ気がした。

だが、どうやら気のせいだったようだ。再び男性を見たときには、やはり厳しい表情をしていた。

「行くぞ」

低く男らしい声だが、緊張感に満ちている。

目を丸くさせて驚いているうちに、この男性に手首を掴まれて走り出していた。

「え？　え？」

抵抗する間もなく――というか、あまりに威圧的で逆らってはいけない空気感に怖じ気づいた私は、男性に引っ張られたまま走るしかなかった。

気がついたときには駅の構内に入っていて、改札前まで来ると彼は私を素っ気なく解放してくる。

息が乱れて苦しい。ハァハァと呼吸を整えている私とは対象的に、その男性は息切れひとつしていない。

彼から解放されてホッとしたが、どうしてこんな事態になったのかと疑問ばかりだ。

この見ず知らずの男性は、なぜ海道さんに対して敵対心剥《む》き出しだったのか。

そもそも私を海道さんから離そうとしたのは、なぜなのか。

何ひとつわからないままでいると、彼に真摯《しんし》な瞳を向けられてドキッとして息を呑む。すると、その男性は心底心配しているような口調で言ってくる。

「もう二度と、あの男とは会わない方がいい」

「え？」

目を何度か瞬かせる。あの男というのは、海道さんのことを言っているのだろう。

どうして、海道さんについて私に忠告してくるのか。よくわからない。

私が戸惑っているのがわかったのだろう。目の前の彼の表情は苦渋の色が浮かんでいる。

詳しくは言えないが、と前置きをしたあと、彼は真剣な眼差しを向けてくる。

「あんな危険な男に近づいてはいけない」

「え……？」

「いい子だから、言うことを聞いてくれ」

再び胸が高鳴った。はるか昔、誰かに同じようなことを言われた記憶が蘇る。

それが、いつだったのか。誰から言われたのかは思い出せない。

考え込む私に言い聞かせるように言ったあと、彼は私の返事を聞く前に去ってしまった。

男性の背中が雑踏の中に消えてゆく。

その姿が見えなくなるまで、私は呆然としたまま立ち尽くす。

どれほどこの場に佇《たたず》んでいただろうか。

「……一体、どういうことなの？」

わからないことばかりだ。何ひとつこの状況を呑み込めなくて唖然《あぜん》としてしまう。

海道さんは危険な男だと忠告されたが、何が危ないと言うのか。

彼は会社経営をしている立派な人だし、何より私をピンチから救い出してくれた恩人だ。

会えば会うほど優しくしてくれる。純粋にいい人だと思うことばかりだ。

偉ぶらないどころか、私みたいな年が離れた仕事先の新人にも丁寧な口調で接してくれる。

そんな彼のどこが危ないというのか。

疑問なのは、突如として現れた男性についてだ。

急に現れたかと思ったら、わざと私と知り合いのように装ってきた。

挙げ句、海道さんは危険な男だから二度と会ってはいけないと言う。だけど……。

「海道さんに悪いことしちゃった……」

今度会ったら、きちんと謝罪をしなければ。

心に誓いながらも、脳裏では先程の男性の顔がチラついている。

彼は何者なのだろうか。海道さんの知り合いではありそうなのだけれど……。

ただ、気になることがある。あの男性が私を見たとき、一瞬だけ目の奥に柔らかい光が灯《とも》されたように感じた。

あれは、私の気のせいだったのだろうか。

「……でも」

少し冷静になった今、何か心に引っかかりのようなものを感じ始めた。

ふと、先程の男性の目を思い出す。どこかで見たことがあるような既視感を覚えたのだが、思い出せない。

あくまで〝見たことがあるかもしれない〟といったふんわりとしたものだ。

全《まった》く接点がない人かもしれない、他人のそら似というやつかもしれないけれど。

謎だけが増えていく現状に頭を抱えてしまう。

モヤモヤが残り、私は深くため息をついた。

2

——どうして？　こんなことに……。

重い足取りでオフィスビルを出たあと、もう一度ビルを振り返った。

まだ勤め始めて一年も経っていないのに、明日からはもうこの場所に来られなくなってしまった。

社長の悲痛な声が今も耳に残っている。思い出すたびに涙が零れてきそうになって、鼻を強く啜った。

今朝方、いつも通りに会社に向かうと、社内は殺伐《さつばつ》とした雰囲気に包まれていた。

クリスマスイベントが終了し、あとは年末年始の休みを待つのみ。

とはいえ、休み前に終わらせなければならない仕事は山のようにある。浮き立っている場合ではない。

そんなふうに気を引きしめて出社したのだが、いつもと明らかに違う様子に困惑してしまった。

あちこちから非難の声が上がっている。その矢面《やおもて》に立たされていたのは、社長だ。

何がなんだかわからずオフィスに入り、気が抜けたように立ち竦んでいる課長に声をかけた。

「課長、どうしたんですか？」

私の声が聞こえているはずなのに、反応がない。

もう一度、課長に声をかけると、絶望感を漂わせながらようやく私の方を見てくれた。

だが、彼の口から語られた現実に卒倒しそうになる。

「……倒産って」

どうして？　なぜ？　そんな言葉が頭の中を行ったり来たりして、それ以上は何も考えられない。

それは課長も同じだったのだろう。力なくボソボソと今わかっている事を教えてくれた。

元々経営が危ぶまれていたところ、追い打ちをかけるように多額の不渡りを出してしまい、首が回らない状況になってしまったらしい。事実上の倒産に追い込まれたようだ。

小さな会社だ。常に自転車操業状態で余力などなかったのだろう。

愕然《がくぜん》としていると、課長は独り言を呟く。

「あぁ、家のローンはまだ二十年あるのに、無職かぁ……。今月分の給料、ちゃんと出るのかなぁ」

彼の嘆きを聞き、私も他人ごとではないと青ざめた。

このあと、仕事がすぐに見つかればいい。だけど、再就職がなかなか決まらなかった場合、どうやって食べていけばいいのだろうか。

地元を出るときに引っ越し代金などを払ったために、貯めたお金はかなりなくなってしまった。

今のイベント会社に就職してコツコツと貯めてはきたが、さほど貯まってはいない。

頭の中で計算をしようとするのだけれど、気持ちが混乱してしまっていて何も考えられない。

ただ、時間だけは無情にも過ぎていく。

借りていたこのオフィスからすぐに撤退しなければならないらしく、私物はすべて紙袋に入れた。

呆気ない幕切れだ。誰もが沈痛な面持ちで、背中を丸めてトボトボとオフィスを出ていく。

私も絶望を背負ってオフィスビルから出てきたのだが……。

「これから本当にどうしよう……」

私にはもう頼れる身内は誰もいない。どんな状況になろうとも、一人で生きていかなければならないのだ。

地元に帰った方がいいのかもしれない。この大都会は物価が高すぎる。

微々たる貯蓄なんて、あっという間になくなってしまうだろう。

足取りは重い。だが、まずは自宅アパートに戻ろう。オンボロアパートとはいえ、今は私の大事なお城だ。

家に着いたら、すぐさまコタツに潜《もぐ》り込んじゃおう。

ぬくぬくとした熱に包まれれば、気落ちした心を少しでも労《いたわ》れるかもしれない。

ついでに、この前買ったけれど呑むのをやめておいたチューハイも開けてしまおうか。

今日は昼から酒盛りして、嫌なことは一度忘れてしまいたい。

落ち込んでいる気持ちを浮上させたくて、楽しいことを考えようとする。

だけど、頬に突き刺さる冷たい風がすぐに現実に意識を戻してしまう。

現在、午後三時過ぎ。こんな時間に、会社からアパートに帰るなど今までになかった。

通常時なら、まだ仕事をしている頃だからだ。

そんなことを考えていたら、ため息が落ちてしまう。

空を見上げると、どんよりとした雲が広がっている。

冬特有の空は低く、冷たい風が吹き荒れていた。

まさに今の私の心境にピッタリだと、またため息が出る。今日だけで一体何度ため息を零すことだろう。

何も考えられなくてボーッと歩いていたら、いつも利用する駅を通り越していた。

気がつけば、駅裏の路地に入り込んでいたようだ。この通りは歓楽街で、必要が全くなかった私は来たことがない場所だ。

どこもまだ開店前なのだろう。閑散としている。

戻ろう。踵《きびす》を返し、駅へと足を向けた、そのときだった。

道に面しているお店に張られた紙に目がいき、思わず立ち止まる。

このお店はクラブらしく、ホステスの募集をしているようだ。

張り紙には店員募集の要項が書かれていたのだが、なかなかに心惹かれる内容だった。

——わぁ、時給高い！

これだけお給料がもらえたら、再就職までの繋ぎになるだろう。

うまくいけば、もう少し築年数が新しいアパートに移れるかもしれない。

思わず夢を見てしまったが、すぐに首を横に振って甘い考えを払拭する。

ホステスという職業は、知力と美が必要だろう。もちろん対人スキルだって高くなければ無理だ。

生半可な気持ちでは続かない、厳しい世界だと聞いたことがある。

人見知りで世間知らずな私では、到底務まらないだろう。

ふぅ、と小さく息を吐き出したあと、現実をしっかり見た方がいいと自身を叱咤する。

店先から離れようとしたときだ。

裏口から全身黒色のスーツを着た、少々派手目な男性が出てきた。黒服と呼ばれる、クラブのスタッフなのだろう。

その人は私の姿を見るなり、にこやかに近づいてくる。

「ねぇ、彼女。うちの店に興味があるの？」

「えっと、あの……」

圧強めの男性はグイグイと迫ってきた。

「君、かわいいから、すぐ採用するよ？　どう？　今日から働いてみない？」

「いえ、ちょっと見ていただけなので」

失礼します、とその場を去ろうとしたのだが、男性に腕を掴まれてしまう。

「ちょっと待ってよ。少し話を聞くだけでも。ね？」

「いえ、結構です」

男性の腕を振り払おうとするのだが、相手は大人の男性だ。力の差は歴然である。

必死に逃げようとするが、黒服の男性は私を離してくれない。

それどころか、力尽くで店内に連れ込もうとしてくる。

――逃げなくちゃ!!

助けを求めようとしたのだけれど、通りには誰もいない。叫んでも誰の耳にも届かないだろう。

それでも抵抗を続けているのだが、黒服の男性も必死な様子だ。

「お願い！　今日だけでも働いてくれない？　急に二人も辞めちゃってさ。困っていたんだよ」

「そんなこと言わないで。ね？　お願い。特別手当つけるからさ」

「む、無理です！」

店側としても、人材不足で困っているのだろう。とはいえ、やはり私には無理だ。

ここで流されて引き受けたら痛い目に遭う。断固として拒否しなければ。

断り続けていると、店の前に車が横付けされた。

急の出来事で驚いたのは、黒服の男性も同じだったのだろう。一瞬、手が止まった。

すると、その車の後部座席のウィンドウがゆっくりと下がる。そこには、海道さんが乗っていた。

彼と顔を合わせるのは、十一月末ぶり。突如として現れた印象的な男性に連れ去られて以来だ。

「海道さん！」

私が彼の名前を呼ぶと、なぜか私の腕を掴んでしつこく勧誘していた黒服の男性が慌て出したのだ。

そして、すぐさま私を解放してくれた。

ホッと胸を撫で下ろしていると、海道さんが車から降りてきて黒服の男性の前に立つ。

「こんにちは。彼女、私の知り合いなんだけど……。何かありましたか？」

にこやかな表情だが、どこか威圧的なものを感じる。

それは、男性も同じだったようだ。

しどろもどろで必死になって説明をし始める。

「あ、あの……！　この子がうちの求人募集を見ていたので。勧誘していました」

「そう……。でも、彼女はここでは働かないから。諦《あきら》めてくれるかい？」

柔らかな口調で海道さんが言うと、黒服の男性は何度も深く頷いた。

そして、逃げるようにその場を去っていってしまう。

なんとか勧誘からは逃れられたようだ。安堵したあと、海道さんに頭を下げた。

「海道さん、助けていただきありがとうございました」

「いや、それより……」

彼は心配そうに私を見つめて、言いにくそうに聞いてくる。

「どうして、クラブの求人を見ていたんですか？」

私はイベント会社で働いているのに、なぜに求人を見ていたのか。不思議に思うのは当然だろう。

実は……、と今日あった最悪な出来事を彼に話すと、海道さんは顔を歪《ゆが》める。

「やはり真実だったんですね……」

うちの会社の倒産について、海道さんの耳にも入っていたのだろう。

小さくため息をついたあと、海道さんは私の手にある紙袋に視線を落とす。

「それで、その大荷物というわけですね」

「はい」

項垂《うなだ》れていると、彼は紙袋を私の手から取り上げてきた。

「とにかく、車に乗ってください。送ります」

「い、いえ。大丈夫です。私、一人で帰れますから」

彼の手に渡ってしまった紙袋に手を伸ばしたのだが、海道さんは厳しい表情で首を横に振る。

「いえ、これは渡せません」

「海道さん」

遠慮し続けるのだが、彼は一歩も引く気はなさそうだ。

「わかりました」

渋々と返事をすると、海道さんはようやく表情を緩めた。

「どこかでお茶でもしましょうか。お話伺《うかが》いますよ？」

やっぱり優しい人だ。ひと月ほど前にあんなことがあったのに、私に気を遣ってくれる。

一瞬、あのとき忠告してきた男性の言葉を思い出して、身体が躊躇《ちゅうちょ》した。

『もう二度と、あの男とは会わない方がいい』

男性の真剣な眼差しが、今も心に焼きついている。忠告を無視していいのだろうか。そんな不安が過《よぎ》る。

後部座席の扉を海道さんは開いてくれたが、少しだけ躊躇う。

脳裏に過ったのは、ひと月前に突如として現れたあの男性の顔だ。でも――。

見ず知らずの男性からの忠告では信用に欠ける。

そう思うのに、なぜかやっぱり気になってしまう。

私に忠告をしてきたあのときの男性からは、真剣さが伝わってきたからだ。

――でも、鵜《う》呑《の》みにしすぎてもいけないよね。

相手は私が知らない人だ。信用に値《あたい》しない。

それよりも、私に優しく接してくれる海道さんを信じた方がいい気がする。

彼は親切心で私に手を差し伸べてくれているだけ。変に深読みするのも失礼だ。

そもそも、彼にとって私の存在は庇護の対象というだけだろう。気負う必要なんてないはず。

「スミマセン、よろしくお願いします」

頭を下げて言うと、海道さんは明らかにホッとした表情を浮かべた。

促されるまま後部座席に腰を下ろすと、バックミラー越しに運転者と目が合う。

男性は視線で会釈をしてきた。

海道さんの秘書をしているらしい。

それに応《こた》えるように頭を下げていると、隣に海道さんが乗り込んでくる。

彼が秘書の男性に行き先を告げると、ゆっくりと車は動き出した。

十五分ぐらい走っただろうか。ベイエリアに面した商業施設に隣接しているラグジュアリーホテルに到着した。

「ここのカフェ、女性にとても人気があるんですよ。温かい飲み物でもいただきながらお話ししましょうか」

ホテルのロビーを抜けると、カフェが見えてきた。吹き抜けの天井にはシャンデリアが煌びやかに輝いている。

店内はゆったりとしていて、テーブルとテーブルの間はとても広く取ってある。

それぞれが思い思いの時間を過ごすことができそうだ。

店員に案内されたのは窓際で、庭園に咲く花々を楽しめる席だった。

各々が注文し終え、私は意を決して彼に頭を下げる。

「この前は、スミマセンでした」

海道さんは一瞬目を見開いたが、そのあとゆっくりと首を横に振った。

「貴女《あなた》は何も悪くないでしょう？　あの男に連れ去られただけですから」

やっぱり、海道さんとあの男性は知り合いなのだろうか。

そして、あの男性の発言は本当なのか。

聞きたいけれど、聞いてはいけない空気を肌で感じて口を噤む。

沈黙のあと、海道さんは「それより……」と言いながら私の顔を覗き込んできた。

そして、案じるように顔を歪める。

「西花さん。顔色が悪いですね」

「そう……でしょうか？」

朝からショッキングな出来事が続き、精神的に疲れていたのかもしれない。

それでも彼に心配をかけないようにほほ笑んだのだが、余計心配をかけてしまったようだ。

どうやって取り繕おうかと必死になっていると、ちょうど紅茶が運ばれてきた。

私が頼んだのは、オレンジフレーバーの紅茶だ。オレンジの香りが爽やかで、思わず頬が綻ぶ。

すると、海道さんがニコニコととても嬉しそうにほほ笑んでいる。

恥ずかしくなって視線をそらすと、彼は楽しげにクスクスと笑い出す。

「よかった。西花さんが少し元気になって」

「……ご心配おかけしました」

確かに温かいお茶をいただいたら、落ち着けた。

朝食を食べてから何も口にしていなかったので、身体もホッとしたに違いない。

照れ笑いをする私に、海道さんはカモミールティーを飲みながら目を細める。

彼はカップをソーサーに置くと、テーブルに肘をついて前のめりになる。

「西花さん、私が仕事をお世話しましょうか？」

「え？」

会社経営をしている海道さんなら何か伝《つて》があるのだろう。

だけど、さすがにそこまでお世話になるのは気が引ける。

私と彼は、出会ってから日が浅い。それなのに、迷惑をかけるわけにはいかない。

とんでもない、と首を横に振ると、彼はジッと私を見つめてきた。

「それとも、私と結婚してお嫁さんになるという手もありますよ?」

「え?」

一瞬、頭が真っ白になってしまった。

彼は社長業をしていて人脈があるだろうから、仕事の斡旋をしてくれるという話が出ても別段おかしなところはない。

でも、問題はもうひとつの提案の方だ。

結婚してお嫁さんになる。その提案に驚きすぎて、何も言えなくなってしまった。

だが、すぐに我に返る。これは海道さんなりの冗談なのだろう。

私があまりに落ち込んでいるから、気持ちを軽くしてあげようという彼の心遣いだ。

真剣に答えを返したら、逆に私が恥をかくところだった。危ない、危ない。

口元を手で隠しながら、フフッと軽快に笑った。

「海道さんでも冗談を言うんですね。ビックリしちゃいました」

なぜか笑顔のまま固まっている海道さんを、軽く睨む。

「そんな冗談を言っていると、本気にする人が出てきちゃいますから。気をつけた方がいいですよ」

「冗談では――」

海道さんが何かを言いかけたとき、彼の秘書がこちらにやってきて「社長」と海道さんを呼んだ。

秘書の男性は私に向かって恭《うやうや》しく頭を下げたあと、海道さんに近づき「先日のトラブルの件で連絡が――」と耳打ちし始めた。

きっと仕事で忙しくしているのに、落ち込んでいる私をその場に置いておくことができなかったのだろう。

多忙なのに私のために時間を割《さ》いてくれていたのかもしれない。いや、絶対にそうだ。

私は慌てて立ち上がった。そして、テーブルに千円札を置く。私が注文したお茶の代金はこれで足りるはずだ。

「私、これで失礼しますね」

椅子にかけておいたコートを手にしたあと、海道さんに頭を下げた。

「今日は助けていただきありがとうございました。会社は倒産してしまったので、もうお会いすることはないかもしれませんが、今までありがとうございました」

「ちょっと待って、西花さん！」

海道さんが腰を上げかけたが、それを制止するように私は畳みかけた。

「海道さんにはいっぱい助けてもらって……。でも、何もお礼ができなくてスミマセン」

「そんなことはいいんです。私は――」

これ以上私がここにいたら、優しい彼のことだ。私の今後について心を痛めてしまうはず。そして手間をかけさせてしまうだろう。

最後は笑顔で。私は彼に満面の笑みを向けた。

「忙しいときに、本当にスミマセンでした。お仕事、頑張ってください！」

それだけ言うと、私は急ぎ足でカフェを出ようとする。

「ちょっと待って、西花さん。送っていきます！」

海道さんが私を引き留めようとしてきたが、その好意を遠慮した。

「お電話が入っているんですよね。そちらを優先してください。私は一人で大丈夫です」

ペコリと勢いよく頭を下げたあと、踵を返す。そして、ロビーを突っきろうとしたときだった。

急に手が伸びてきたと思ったら、腕を掴まれてしまう。

え、と驚いたときには、柱の陰に引きずり込まれてしまっていた。

——一体、誰がこんなことを！

こんなに人がたくさんいる場所でなら、不審者がいたと叫べば助かるはず。恐怖で強ばっている身体を動かし、私の腕を掴んでいる人物を見る。だが、驚きのあまり声を失った。

海道さんとイルミネーションを見ていたときに、突如として現れて「あの男は危険だ」と忠告してきた男性だったからだ。

再び声を上げそうになった私に、その男性は「シッ」と鋭い声で制止してくる。

その迫力に圧倒されて慌てて自分の口を手で覆うと、男性は「こっちだ」と私の手首を掴んだまま通路の奥へと向かっていく。

従業員専用口の前まで来ると、中に連れ込まれてしまった。

客室通路と違い、薄暗い階段の踊り場。私を壁に追いやると、男性は腰を屈《かが》めてグッと私に近づく。

ドキッと心臓が高鳴ったのは、恐怖のためか。それとも……。

今の状況と自分の心境を把握できないでいると、ようやくその男性は声を発した。

「俺の忠告を無視するなんて。いい度胸しているな？」

静かな踊り場に彼の低く厳しい声が響き、ビクッと身体が震えてしまう。

だが、勇気を振り絞って、私は男性を見上げた。

「どうして海道さんが危険なのか。理由を教えてください。あと、手を離してください」

小声でお願いをすると、男性がフッと面白そうに噴き出した。

驚いて目を丸くしていると、柔らかくほほ笑んでくる。

私の手を掴んでいた手を下ろし、「悪かったな」とすぐに解放してくれた。

心臓がドキッと一際大きく高鳴る。それほど魅力的な表情だったからだ。

――うわぁ……。この人、こんなふうに笑うんだ。

この男性とは、今日を入れて二回しか会っていない。それも、厳しい表情の彼しか見たことはなかった。

意外性の塊《かたまり》だ。そう思ってしまうほど、今までとのギャップがある。

元々ワイルド系イケメンだとは思っていたが、こうして笑顔を見せられるとますます魅力的に映ってしまう。

私が彼を凝視しているのに気がついたのだろう。口角を意味ありげに上げて見せてきた。

彼が違う表情を見せてくるたびに、鼓動が跳ね上がってしまう。

ジッと私を射貫《いぬ》くように見つめてきたと思ったら、彼の魅惑的な唇が動く。

「もう少し、ここにいた方がいい」

やっぱり説明はない。

命令口調の彼に問いかける。

「どうしてですか？」

震える唇で言う私を見て、彼は硬い表情に戻る。

「今、出て行ってみろ。海道に捕まるぞ？」

「え？」

ググッとより顔を近づけてきた男性は、眼光鋭く私を見つめてくる。

そして、真剣味溢れた声で断言してきた。

「ここで今、海道に見つかったら、なんだかんだと言いくるめられて車に連れ込まれる。それでもいいのか？」

「どういう……」

連れ込まれても別段問題はないはずだ。

紳士な彼ならば、私をアパートまで送ってくれる。それだけだろう。

疑問を口にしなくても、私が言いたいことがわかったのか。小さく息を吐き出した。

彼は向かい側にある壁に背を預けて腕を組んで私を見下ろすと、淡々とした口調で状況説明を始めた。

「おそらく海道とその秘書は、君を捕まえるためにロータリーのところで待ち伏せしているはずだ。あの男は、君に気があるようだし」

「え？」

聞き違いかと思って言葉を返したのだが、彼は肩を竦める。

「気がついていなかったのか？　君を見るときのあの男の目は捕食者の目だ。このままでいたら、骨の髄まで食われるぞ？」

「そんなこと……」

海道さんが、私を好きだなんてあり得ない。必死に首を横に振って否定したのだが、そんな私を見て男性は盛大にため息をつく。

「これは、海道もてこずるはずだ。これだけ鈍感じゃなぁ……」

酷い言い草に眉を顰《ひそ》めていると、男性は真剣な面持ちになる。

「俺は言ったはずだ。あんな危険な男に近づいてはいけない、と」

鋭い目で凝視されて一瞬怯む。

私は震える手をギュッと握りしめながら、彼に問いかけた。

「海道さんのどこが危ない人なんですか？　私は何回も彼に助けてもらっています。危ない人なはずありません」

海道さんは、会社経営をしている立派な人だ。それなのに、どうしてこの人はそこまで海道さんを非難するのだろう。

私にしてみれば、この男性の方が危険人物だ。早く逃げた方がいいかもしれない。

失礼します、とこの場から立ち去ろうとする私の背に、男性はため息交じりに呟《つぶや》いた。

「張り込みで、このホテルにいたんだが……。まさか、あの男と一緒にいる女の子が心愛だったなんてな」

思わず足が止まる。今、この人は私の名前を言わなかっただろうか。

慌てて振り返り、今も壁に寄りかかったまま私を見つめている男性に問いかける。

「今、私の名前を言いましたか？」

「……」

薄暗く照明が少ない中、それでも彼の表情は読み取れた。

ピクッと彼の右眉が動く。

この男性が初めて動揺を見せた瞬間だった。それを見て、私は彼に駆け寄る。

「どうして私の名前を知っているんですか？」

彼は何者なのか。ますます疑問が湧いてくる。

最初こそ、海道さんの知り合いでどこか因縁めいたものがあるのだと思っていた。

きっとそれは間違いなさそうだけれど、どうやら私のことも何か知っている様子だ。

私は、この男性に会ったことがあるのだろうか。必死に考えるが、何も浮かんでこない。

私が困惑しているのが可笑《おか》しかったのか。男性は意味深な笑みを唇に湛《たた》えた。

「知りたいか？」

「え？」

壁に寄りかかっていた彼は体勢を戻し、腰を屈めて私の顔を覗き込んでくる。

急に、それも思ったより距離が近づき、飛び上がらんばかりに驚いてしまった。

目を白黒させる私を見て、彼は目を細める。

そんな彼の表情はドキッとするほどにセクシーで、身体に熱が籠《こ》もっていくのがわかった。

後ずさりしようとしたのだけれど、すぐに背は壁に当たってしまう。逃げ場はない。

まだ見ず知らずの関係の方がよかった。私のことを知っているという現状の方がな

かホッとした様子を見せた。

どうしようと視線が泳ぐ。ここでようやく警戒心を露《あらわ》にすると、目の前の彼はどこかホッとした様子を見せた。

「そうだ。もっと警戒心を持って人とは接しろ」

「え？」

「まぁ、これだけ君を怖がらせた俺が言うのもなんだけどな」

そこでようやく男性の表情が和らいで、心底ホッとした。

「海道に対しても警戒心のかけらも見せないんだから。気が気じゃなかった」

「えっと……？」

戸惑っていると、彼はスーツの胸ポケットから何かを取り出す。

そして、男性はそれを徐《おもむろ》に開く。警察手帳だった。

「県警捜査二課、愛住《あいずみ》だ。怪しい者ではない」

「刑事さん……だったんですね」

あまりに怪しい人物に見えていたので、内心怯えていた。

だが、心配しなくてもいいのだとわかって安堵する。

何か捜査の関連で私に接近してきたのだろうか。

——だけど、待って。それじゃあ……。

そこから導き出される現実に顔が青ざめてしまう。

愛住さんが以前、海道さんを「あんな危険な男に近づいてはいけない」と言っていた。

ということは、海道さんは何かしらの事件に関わっている人なのか。

不安が渦巻《うずま》く中、ふと思い出す。

そういえば、愛住さんはなぜか私の名前を知っていた。

それもファーストネームで呼んだのは、やっぱり私と過去に関係があった人なのだろうか。

「えっと、一体……何が起こっているんですか？」

刑事が私に接触してきたのは、事件に自分も巻き込まれているという証拠だ。

不安で胸が押しつぶされそうになっていると、愛住さんはポンポンと優しく私の頭に触れてきた。

その触れ方がとても優しくて、温かくて……。ドキドキする。

背の高い愛住さんを見上げると、彼は頼もしげな表情を向けて私を安心させてくれた。

「あとで答え合わせをしてやるから。今は、とにかく俺についてこい」

そう言うと、彼は私に手を差し出してくる。今までみたいに強引には接してこなかった。

自分の意思でついてきて欲しい。そんな愛住さんの気持ちが伝わってくる。

私の知らない間に、何か恐ろしいことが始まっているのか。その現状が怖くて堪らない。

だけど、海道さんが危険人物だというのならば、私は愛住さんに二度も助けてもらったことになる。

愛住さんなら私を助けてくれるはず。そんな気持ちが込み上げてくる。

「私、貴方《あなた》を信じてもいいんですよね？」

彼は警察官だ。信じてもいいはず。

だけど、あえて先程愛住さんに諭されたことを実践してみる。

警戒心を持って人と接しろ。その教えに忠実に従った。

それを見て、彼の片眉が上がる。

「よし、いい心がけだ」

「愛住さん」

「で？　どうする？　俺を信用してくれるか？」

再び手を差し出されて、私はゆっくりとその大きな手のひらに自分の手を置いた。

「信用させてください」

愛住さんの目を見て言うと、彼は大きく頷いた。

「ああ、君のことは俺が守ってやるから。安心しろ」

彼はギュッと私の手を握ったあと、「こっちだ」と私を導くように手を引いていく。

男性にこんなふうに言われたことがなくてドキドキしてしまった。

きっと私の顔は真っ赤になってしまっているはずだ。

私は彼に顔を見られないよう、慌てて俯いた。

3

愛住さんに手を引かれ、従業員専用通路を歩いていく。

通常なら、こんなところを出入りできないはず。しかし、捜査のためにこのホテルに来ていたと彼は言っていた。

ホテル側には、内部に入ることへの了承を得ているのだろう。

従業員専用口へと向かっているのかと思っていたのだが、どうやらここは荷物搬入口のようだ。

そこにあった車に近づくと、彼はキーレスで解錠をする。

ピピッという電子音のあと、愛住さんは助手席の扉を開く。

「乗ってくれ」

言われるままに腰を下ろすと、彼は扉を閉めて運転席側へと回る。

しかし、すぐには車に乗らず、携帯でどこかに連絡をしている様子だ。

彼は外で電話をしているため、ボソボソと何か話している声だけは聞こえてくるが、内容まではわからない。

ただ、厳しい表情を浮かべている。そんな彼を見て、私はどんな事件に巻き込まれてしまったのかと不安で堪らなくなる。

愛住さんの今までの言動を思い出すと、捜査している事件に海道さんが何かしらの関与をしているようだ。

だからこそ、彼の近くにいた私を保護したのだろう。

私の知らないところで何かが起きている。想像すると怖くなった。

不安に震えていると話が終わったのか、愛住さんは運転席に乗り込んでくる。

「シートベルトを締めて」

「は、はい」

慌ててシートベルトを締めていると、彼は車のエンジンをかけながら話しかけてきた。

「今、部下に確認させたが、まだロータリーには海道の車があるみたいだ。君を待っているんだろう」

私は今でも海道さんが悪い人だとは思えない。

だけど、これだけ愛住さんが心配するのだから、きっと何かがあるのだろう。

車は人目を避けるように、ゆっくりと路上へと走り出た。

ロータリーとは真逆に位置するこの方向なら、海道さんには見つからないだろうと愛住さんは言う。

ホテルを出てから二十分ぐらい車を走らせていただろうか。

オシャレな低層階デザイナーズマンションの駐車場へと辿りついた。

てっきり自宅に送り届けられるか、もしくは警察署にでも連れていかれるのだと思っていたので意外な場所で驚く。

車はマンションに隣接されている駐車場へと向かう。

やっぱりこのマンションに用事があるようだ。

なぜ、この場所に来たのか。愛住さんに聞きたくて、運転席を見る。

すると、バック駐車をするために、彼は助手席のシートに肘をついたところだった。

急に近づいた距離に驚いたのと同時に、精悍な横顔を見てドキッと胸が高鳴ってしまう。

愛住さんに対してどこか意識している自分が恥ずかしくて、慌てて彼から視線をそらした。

やがて車のエンジンが止まり、彼は案じるように私に「大丈夫か？」と声をかけてくる。

「車酔いでもしてしまったか？」

顔を上げると、愛住さんが心配そうに私を見つめていた。

その表情がとても慈愛に満ちていてドキッとしてしまう。

何も言えずにいると、彼は眉間に皺を寄せてさらに不安そうな表情を浮かべた。

「大丈夫か？　心愛」

愛住さんは、また私の名前を呼んだ。

普通ならほとんど初対面の相手に名前呼び、それも呼び捨てで言われたら戸惑うだろう。

しかし、彼に呼び捨てで呼ばれても嫌ではない。それがどうしてなのか自分でもわからないまま、彼に問いかけた。

「大丈夫です。でも、あの……どうして、私の名前を知っているんですか？」

しどろもどろになりながら、先程も疑問に思ったことを口にする。

愛住さんに問いかけたあと、自分も何かしらの事件に関与していて捜査されていたとしたら名前ぐらい警察は調べ上げているだろうと気づく。

しかし、こんな親しみを込めたように刑事が呼び捨てなんてするだろうか。それも、名前呼びなんて……。

謎が多すぎて困り果てていると、愛住さんはハンドルに身体を預けて息を吐き出す。

「まぁ、覚えていないのも仕方がないか」

「え？」

ハンドルに寄りかかったまま、愛住さんは私を見つめてくる。

その瞳は郷愁のような、どこか懐かしさを感じるもので……。

——私、やっぱり愛住さんと会ったことがあるの？

初めて彼が私の前に現れたときに感じた違和感。

あのときは驚きのあまり考えることをやめてしまったが、やっぱり私はこの人にどこかで会ったことがある気がして仕方がない。

しかし、どこで会ったのか。どうしても思い出せなかった。

ただ、わかっているのは、この街に移り住んだあとではない。

もっと昔に会ったことがあるように感じる。

遠い昔、記憶の彼方を探るように必死に彼の目を見つめた。

ふと、愛住さんの目に優しく柔らかい光が灯る。その表情が魅力的で、胸が高鳴った。

「心愛とは、浅からぬ仲だぞ？」

「え……？」

ますます頭が混乱する。愛住さんと私は、そんなに密に過ごしたことがあるのか。

まだ思い出せないでいる私を見て、彼は身体を起こす。

そして、スーツの内ポケットから何かを取り出した。

彼の大きな手のひらの中には、家の鍵らしき物が収まっている。

その鍵には、キーホルダーがつけてあった。クマの小さなぬいぐるみだ。

ピンク色のクマは、初めこそはふわふわの毛並みだったはず。

だけど、今はすっかり毛がぺしゃんこになっていて、少しだけ汚れてしまってくたびれていた。

長年使っていたのだと予想できるキーホルダーだが、愛住さんが愛用するにしては少々かわいすぎる。

ワイルド系イケメン、そして大柄で厳《いか》つい彼には、少し似合わない気が……。

——あれ？　ちょっと待って。

記憶の片隅から思い出が蘇ってきた。私はこのクマのキーホルダーを見たことがある。

目を大きく見開いて彼の手のひらにちょこんと置かれたクマのキーホルダーを見つめていると、脳裏に懐かしい記憶が湧き上がってくる。

「これって……」

ハッとして手で口を押さえる。みるみるうちに蘇ってくる過去の記憶に、顔が紅潮してきた。

やっぱりこのキーホルダーには見覚えがある。

それは、私が大好きだった隣の家のお兄ちゃんにあげたものだったからだ。

彼が引っ越しをすると聞き、お小遣いを掻き集めて近くの文房具店で買ったキーホルダー。それを、別れのときにお兄ちゃんに渡した。

寂しくて離れたくなくて、涙ながらに彼を見送ったのを思い出す。

期待を込めて、私は愛住さんに視線を向けて問いかける。

「……もしかして、誠司くん？」

震える唇で、懐かしい人の名前を呼ぶ。

すると、目の前にいる愛住さんは目を細め、私を懐かしそうに見つめてくる。

ゆっくりと頬を綻ばせ、嬉しそうに破顔した。

その笑みは記憶にあった〝誠司くん〟と同じもので、本当に愛住さんがおばあちゃんの家の隣に住んでいた男の子なんだと確信する。

「ようやく思い出したか、心愛」

「本当に、本当に……誠司くんなんですか？」

懐かしさに涙が込み上げてきてしまった。

キュッと唇を噛みしめて涙を堪えていると、「相変わらず泣き虫だな」と誠司くんは意地悪く笑った。

そんな彼に疑問をぶつける。

「でも、名字が違いませんか？」

「ああ、あの後に両親が離婚したんだ。で、母親の姓になったから」

「そう、なんですね……」

懐かしさと共に、少し切ない記憶も思い出した。ツキンと胸の奥が痛む。

誠司くん、こと愛住誠司さんは、おばあちゃん家の隣に住んでいた。私と八つ歳が離れているお兄ちゃんだ。

出会いは私が小学一年生のとき。誠司くんは中学二年生だった。

小学生の私から見て、中学生の誠司くんはとても大人に見えた。

彼は思春期真っ只中。少し塩対応だったのだけれど、私を見つめる目は優しかった。

まだまだ子どもだった私は、彼の迷惑など考えずにべったりと張りついていた記憶がある。

ことあるごとに「誠司くん、誠司くん」とくっついていたと思う。

今思えば、本当に迷惑ばかりかけていたはずだ。

誠司くんが学校から帰ってくるのを待ち伏せして「誠司くん、遊ぼう！」と毎日のように声をかけていた。

——誠司くんだ！　本当に誠司くんだ!!

先程までは不安と恐怖、そして彼に対しての警戒心があった。

刑事だと言う彼に疑われている。もちろん身に覚えのないものだけれど、疑われているという時点でビクビクしてしまっていたのだ。

だけど、もうそんな恐れは不要だ。

私の中で、一気に彼に対しての警戒心が解かれてフッと身体から力が抜ける。

「嬉しいです！　また会えるなんて思ってもいなかったです」

大好きだった隣のお兄ちゃん。だが、彼が高校生になる前に引っ越しをしてしまい、その後は疎遠になってしまっていた。

ずっと会いたいと思っていた誠司くんが今、私の目の前にいる。それがとても感慨深い。

私の記憶の中では誠司くんの背は今ほど高くなく、ヒョロリとした体型だった。

今は、すっかり大人の男性になった彼。記憶をアップデートしなければと、誠司くんをジッと見つめる。

そんな私を見て、誠司くんはなぜだか盛大なため息をついた。

どうしたのかな、と首を傾《かし》げると、彼は再び息を吐き出しながら顔を歪める。

「警戒心がないのは、昔から変わらないな」

「そ、そうですか？」

「そうだ。心愛は初めて会ったときも、なんの躊躇もなく俺に飛び込んできたからな」

「そうだったかも……？」

彼に言われて思い出した。初めましての挨拶《あいさつ》のとき、お兄ちゃんができたと思って嬉しくなった私は彼に飛びついて喜んだかもしれない。

なんとなく恥ずかしくなって、目を泳がせる。

「でも、誠司くん。あとにも先にも、初対面であんなふうに抱きついたのは誠司くんだけですよ？」

あのときは、まだまだ小学校に上がりたてのちびっ子だった。

だからこその大胆な行動だったのだから、今更蒸し返さないで欲しい。

訴えると、なぜか彼は訝《いぶか》しげな表情をしている。どうしたのかなと思っていると、指で額を小突かれた。

「イタッ！」

そんなに痛くはなかったけれど、大げさにおでこを摩《さす》る。

すると、誠司くんはジロリと厳しい目を向けてきた。

「心愛。俺の忠告を無視しただろう？」

「え？」

「海道に懐いているのを見て、呆然としたぞ？」

「懐いてなんていませんっ。海道さんは私を何度も助けてくれて話す機会が少し増えていただけです。顔見知り程度ですよ。それより——!!」

私は、前のめりで誠司くんに詰め寄る。

「海道さんに近づいてはいけないってどういう意味なんですか？」

誠司くんが私の前に現れたのは、海道さんがらみだったのだろう。

まだまだ疑問が解決されていないことを訴えると、誠司くんは小さく息を吐き出した。

「とにかく、まずは家に来い。俺も心愛に聞きたいことがあるから」

「わかりました」

ここにいても、彼は何も教えてくれないのだろう。

それなら、彼の家にいくしかない。

刑事だとはいえ男の人の家に上がるのはどうなのかと少しだけ戸惑ったが、相手が誠司くんなら大丈夫だ。

安心して彼の部屋に行くことができる。何も心配はいらないだろう。

車を降りて、私は誠司くんのあとに続いた。

「お邪魔します」

「どうぞ」

外観を見ただけで素敵なマンションだとは思ったが、中も想像以上だった。

ドラマの世界に出てきそうなオシャレな空間が広がっていて、玄関に入っただけでも緊張してしまった。

彼に正直に今の心情を言うと、なぜか天井を仰いで呟く。

「……もっと違う理由で緊張してくれ」

「え？」

意味がわからなくて彼に聞くと、私にチラリと視線を向けたあと靴を脱ぎだした。

「警戒心を持てと言っただろう？」

「え？　何か言いましたか？」

ボソボソとした呟き声だったので、聞き取れなかった。

もう一度聞き返したのだが、「とにかく上がってこい」とそっけない返事が来た。

こういうところも、昔から変わっていない。やっぱり誠司くんだと懐かしくなって嬉しくなる。

——ほら、誠司くんは優しい。

つれない態度だったのに、私が靴を脱ごうとすると手にしていた紙袋を持ってくれる。そして、脱ぎ終わるまでその場で待っていてくれた。

そんなところも変わっていなくて、思わずほほ笑んでしまう。

ありがとうございます、と紙袋に手を伸ばしたのだが、首を横に振ってそのまま持っていってくれる。

私の記憶より、大きくなった誠司くんの背中。

もちろん私の身長も伸びたけれど、こうして並んで歩くとこれまでの年月が感じられる。

誠司くんは部屋の明かりをつけ、そしてエアコンのリモコンを操作し出す。

「とにかくこっちに来いよ」

彼は私を促してきた。それに応えるように「お邪魔します」と会釈をして中に入る。

スタイリッシュでオシャレな空間が広がっていた。それに、とても広い。

無意識に感嘆の声を上げてしまう。それほど素敵なマンションだ。

部屋の中を不躾《ぶしつけ》に見回すのはお行儀が悪い。だけど、興味津々な私はチラチラと見てしまう。

すると、少しだけ物が散乱しているのを発見した。

私の視線の先を見て慌てた誠司くんは片付けをしながら「座っていてくれ」とソファーを指さす。

はい、と頷いたあと、ソファーに腰を下ろした。

手伝った方がいいかなとも思ったけれど、触って欲しくないものだってあるかもしれない。むやみやたらに動き回るのもよくないだろう。

ソワソワして、彼の背中を見つめる。

物が散乱と言ってもすぐに片付けられる程度で、誠司くんはあっという間に整えてしまった。

「散らかっていて悪いな」

「いえ、そんなことないです」

首を横に振る。そんな私を見て頭を掻いて照れくさそうに視線を落としたあと、彼はキッチンへと向かった。

「コーヒーでいいか?」

「はい、ありがとうございます」

誠司くんにお礼を言ったあと、すぐそばにあったランドリーケースを見る。

ワイシャツが、何枚も無造作に脱ぎ捨ててあった。

それだけで、彼の仕事がどれほど大変なのか垣間見られる。

家でなかなかのんびりできないほど、多忙にしているのだろうか。

誠司くんはケトルに水を張りながら、苦く笑った。

「仕事が忙しくてな……。家事はすべて後回しだ」

ケトルを火にかけたあと、彼は重い息を吐き出しながらこちらにやってくる。

向かい側のソファーに腰を下ろした彼は、私では想像できないほど重責ある仕事をし日夜忙しくしているのだろう。

警察官という仕事内容は、あまり知らない。知っていたとしても、映画やドラマの世界での範疇《はんちゅう》のみ。

しかし、大変だということだけは認識している。

「大変そうですね、誠司くん」

「まぁな。でも、自分で決めた道だから」

低く男らしい声。私が知っていた彼は、まだもう少し声が高かった。それが、すっかり大人の男性になっている。

記憶の中の誠司くんと現在目の前にしている彼が同一人物だということはわかっているが、どうしても昔の彼と面影を重ねてしまう。

ジッと見つめていると、私の探るような強い視線に気がついたのか。

誠司くんは、どこかくすぐったそうに肩を竦める。

昔の彼はとても照れ屋だったけれど、今もどうやらその傾向はあるらしい。

私の視線に降参した様子の誠司くんは、コホンとひとつ咳払いをしてこの空気を切り替えようとしてきた。

「そういえば、おばあちゃんは元気か？」

その質問を聞いて、一瞬口を噤んでしまう。

私の異変に気がついたのか。誠司くんが顔を上げた。

心配そうな顔をさせてしまったのを申し訳なく思いつつも、どうしてもまだうまく気持ちの整理がつかなくて眉を下げて彼を見つめる。

「おばあちゃん、亡くなったんです。来年の三月で丸二年になります」

「そうか……」

誠司くんも悲しそうに視線を落とす。

「もう一度、会いたかったな」

「……ありがとうございます。そう言ってもらえて、おばあちゃん天国で喜んでいると思います」

わざと明るい声で言う。誠司くんが後悔を滲《にじ》ませているのが伝わってきたからだ。

「そうだといいけどな」

誠司くんは、心の中におばあちゃんを思い描いているのだろう。噛みしめるようにそう言った。

しんみりした空気に包まれる。それを払拭するために、話題を変えた。

「誠司くんは、あれから元気にしていましたか？」

ずっと気がかりだったことを問いかける。

すると、誠司くんは少しだけ寂しそうな表情になったが、なんでもないとばかりに小さく笑う。

「さっきも言ったけど。あのあと、すぐに両親は離婚した。それからは、まぁ……

色々あったな」

彼の声は、とても重かった。

「そう、ですか……」

それ以上は言えず、私は当時のことを思い出す。

私の両親は小学校に上がる前に、相次いで亡くなってしまった。

そんな私を養育してくれたのは、母方のおばあちゃんだ。

おばあちゃん家に住み始めて、半年ぐらい経った頃だっただろうか。隣に誰かが引っ越してくると聞いた。

それもその家庭には、子どもがいるらしい。私のテンションは、かなり上がった。

当時、あの辺りには子どもが全然いなくて、唯一の子どもが私だったのだ。

おばあちゃんはいるとはいえ、両親を亡くしてしまった私は寂しくて堪らない日々を過ごしていた。

だからこそ、その家族が来る日を指折り数えてワクワクしていたのだ。

第一印象は、絵に描いたような幸せな家族だと思った。

優しい両親に、かっこいい中学生のお兄ちゃん。これから仲良くなれたらいいな、そんなふうに子どもだった私は思っていた。

しかし、仲良し親子に見えた彼らだったが、すぐに陰りが見えてくる。

夜になると、隣の家から言い争う声が聞こえるようになったのだ。

最初こそ時折だったのに、気がつけば毎日のように罵声が聞こえてくるように。

寒い冬の夜。窓はしっかりと締め切っているのに、こちらの家にまで響いてくる怒号。

その声はもちろん私の耳にも聞こえ、恐ろしく感じた。

——誠司くん、大丈夫かな？

あの家には、誠司くんがいる。あんなに怖い声で喧嘩をしている家に、彼はいるはずだ。

そのことに気がついた私は、彼が心配で仕方がなくなった。

何かが割れる音が聞こえて私は怖さで泣きたくなったが、布団から出てすぐそばに脱いで置いてあった半纏《はんてん》を着込む。

居間にいるおばあちゃんに「私、誠司くんの所に行ってくる」とだけ伝えて、勇気を振り絞って外に飛び出した。

誠司くんに何かあったらどうしようと不安になってしまい、いても立ってもいられなくなってしまったからだ。

垣根に隠れながら恐る恐る隣を覗くと、裏口に人影が見えた。誠司くんだ。

明かりもなく暗闇の中、体育座りをしてただその場に小さくなっていた。

部屋からは、絶えず罵声が聞こえている。そんな中、彼は一人で何を思ってこんな寒空の下にいたのだろう。

「誠司くん」

小声で声をかけると、誠司くんはハッとした様子で顔を上げた。

そして、垣根に隠れるようにしゃがむ私を見て、顔を歪める。

「バカ、心愛。家の中に入っていろ」

彼は声を潜《ひそ》めて私を窘《たしな》めてきた。

この寒空、それも日が暮れている。風邪を引いてはいけないと思ったから、彼は注意したのだろう。

だけど、当時小学一年生の私には、彼の気遣いが理解できなかった。邪魔者扱いされたと勘違いしたのだ。

泣きそうになりながらも、私は誠司くんに背を向けて走り出す。

怖さより何より、誠司くんのことが心配だったからだ。

家の敷地から飛び出すと隣の裏口に回り、私は誠司くんの前に立つ。

すると、彼はおばけでも出たのかと言うほど驚いた顔をして私を見つめてきた。

先程彼が私を窘めたから、家に帰ったとばかり思っていたのだろう。

「心愛、どうして――」

誠司くんは私を咎めようとしたが、それを振り切るように彼の手を握る。

「誠司くん、うちにおいでよ」

「え？」

しゃがみ込んでいる誠司くんを私は見下ろす。

いつもは見下ろされるばかりなので、今のこの状況に気を大きくしてフンと鼻を鳴らした。

「心愛と一緒に遊んで」

ね？　と小学生の私からしたら、大きな手をキュッと握りしめる。

一瞬呆気に取られていた誠司くんだったけれど、クシャッと顔が歪んだ。

泣き出してしまうかも、と慌てた私は、誠司くんの大きな身体をギュッと抱きしめた。

「ここ寒いし、おばあちゃん家のコタツでぬくぬくしようよ」

「……」

必死になって彼を説得したのだけれど、誠司くんは首を横に振るばかりだった。

大丈夫だ。心愛は家に帰れ。それればかり。

なかなかに頑固な誠司くんにほとほと困ってしまったが、それでも彼を一人にしてはいけない。

幼心にもそう思った私は、強引に彼の手を引っ張った。

もちろん、中学生の誠司くんの方が身体は大きいし、力も強い。

小学一年生の私の力に逆らうなんて容易なことだ。

うんうん言いながらも、彼を引っ張ろうとしたが、やっぱり動かない。

ふいに、くしゃみが出てしまう。

もうすぐ夜の九時になろうとしている。

パジャマに半纏姿では、寒さに震えてしまう。

身震いをした私を見て、誠司くんはハッと我に返ったように立ち上がった。

「心愛、大丈夫か」

「うん、大丈夫……クシュン！」

再びくしゃみをすると、誠司くんは慌てて私を抱き上げてくる。

そして、隣の家――私のおばあちゃんの家に向かって歩き出した。

すると、庭先でおばあちゃんが心配してウロウロしている姿を見つける。

「おばあちゃん！」

「心愛！　ああ、よかった。どこに行ってしまったのかと心配になったわよ」

心底安堵したと言わんばかりの表情を見て、素直に謝る。

そんな私の頭を撫でながら、おばあちゃんは私を抱き上げている誠司くんに視線を向けた。

「誠司くん、心愛を連れてきてくれてありがとう」

「いえ、心愛が外に飛び出したのは、俺のせいですから」

申し訳なさそうに顔を歪める誠司くんをおばあちゃんが心配そうに見つめていると、再び彼の家から罵声が聞こえてきた。

それを聞いて、おばあちゃんは私に視線を送ってくる。

私が外に飛び出した理由。それをおばあちゃんは気づいてくれたのだろう。

私に向かって小さく頷いたあと、朗《ほが》らかな表情でおばあちゃんは誠司くんに頼む。

「ごめんね、誠司くん。私、腰の調子が悪いから、心愛をだっこできないの。申し訳ないのだけど、心愛を家の中まで運んでくれる？」

私は別に怪我をしているわけではないから、自分で歩いて家の中に行ける。

それは、おばあちゃんだってわかっていただろう。

だけど、あえてこんなふうに言ったのは、誠司くんを心配しているから。

私を家の中に運ぶという大義名分があれば、室内に入ってくれるだろう。そう思ったからこその発言だった。

当時の私にはおばあちゃんの意図はそこまで深くはわからなかったけれど、「これで誠司くんはうちに上がってくれる」と思って嬉しかった。

目を輝かせている私、そして困ったように首を傾げるおばあちゃん。こんな二人を、優しい誠司くんには突っぱねることなどできない。

「はい、わかりました」

おばあちゃんの優しさに、彼は気がついていたのだろう。

一瞬、躊躇しているようにも見えた。

迷惑はかけられない。そう思ったはずだ。

だが、縋《すが》るような目で見つめられて渋々折れてくれたのだ。

私をだっこしたまま、おばあちゃん家に入ってきてくれた。

三人で居間へと行き、コタツに入ってみかんを食べたのだが、それがなんだか非日常に感じられてテンションが高くなる。

日が落ちたあと、それもこんなに夜遅い時間に誠司くんが我が家にいる。

不思議な感覚で、私はワクワクしていた。

どうして彼が我が家にいるのか。その辺りがすっかり頭から抜け落ちている私は、結局幼かったのだ。

そのあと、私はネジが切れたようにコテンとコタツで寝てしまった。

あとで聞いた話だが、誠司くんは寝てしまった私を布団まで運んでくれたようだ。

そして、おばあちゃんと色々と話したらしい。

その内容までは私に伝えられなかったけれど、その日を境に誠司くんが我が家に来ることが増えた。

晩ご飯を一緒に食べる日も多く、私としては本当にお兄ちゃんができたように感じて嬉しかった。

こんな日々がずっと続けばいいのに。

そんな私の願いもむなしく、それから半年後には誠司くんたちは引っ越しをすることになってしまった。

それを聞いたのは誠司くんからだったのだが「行かないで」と号泣したことは覚えている。

彼はとても困った様子で私を慰めてくれたが、もう二度とこの手で頭を撫でてくれることはなくなるのだと思うと泣けて泣けて仕方がなかった。

彼がいなくなってしまう。それが悲しくて寂しくて、毎日泣き暮らしている私を心配したのだろう。

おばあちゃんはひとつの提案をしてくれた。

「ねぇ、心愛。誠司くんが大好きなら、最後のお別れのときは笑顔で送ってあげましょう。誠司くんの思い出の中の心愛が泣き顔だったら、嫌でしょう？」

「おばあちゃん……」

「誠司くんには、心愛と楽しかった思い出を引っ越し先に持っていって欲しくない？」

「うん、欲しい」

誠司くんと一緒にいられた時間は、私にとって楽しくて楽しくて仕方がなかった。優しいお兄ちゃんである誠司くんにも、私といて楽しかったってずっとずっと思っていて欲しい。

私のこと忘れて欲しくないとおばあちゃんに相談すると、何か記念に残るものをあげたらいいんじゃないかとアドバイスしてくれた。

そこで貯めていたお年玉を握りしめて、おばあちゃんと一緒に近くの文房具屋さんに行ってピンク色のクマのぬいぐるみがついたキーホルダーを買った。

あの頃の私はピンクが好きで、迷わずピンク色のクマを選んだのだけれど……。

今思えば、男子中学生にピンクのクマはさすがにないと思える。

でも、誠司くんに渡したとき、「ありがとう、心愛」と優しい笑顔を浮かべて受け取ってくれた。

私たちがお別れをして、十六年もの年月が経過。

お互いが色々な時間を過ごす中で、こうして再会したなんて。奇跡的なものを感じる。

当時を思い出していると、彼はその後の生活について話してくれた。

「引っ越しをするときには、すでに両親は離婚することが決まっていたんだ」

「え？」

「心愛とおばあちゃんに心配かけたくなくて言えなかった」

眉尻を下げて困ったように言う彼を見て、優しさを噛みしめる。

すると、ケトルの方から音が聞こえた。お湯が沸いたのだろう。

彼はキッチンへと行くと、インスタントコーヒーをマグカップに入れてお湯を注《そそ》いだ。

ほんのりとコーヒーの香りがしてくる。

二つのマグカップを持ち再びこちらに来ると、マグカップを私に差し出してきた。

ありがとうございます、とお礼を言いながら受け取ると、彼はソファーに腰を下ろす。

誠司くんはマグカップを両手で包み込むように持ちながら、視線をカップの中に向けて口を開く。

「両親はそれぞれ愛人の下へ。俺は、寮がある私立高校に入学」

「え？」

まさかの事態に目を丸くする。手元が震えてしまい、マグカップの中のコーヒーが勢いよく揺れた。

私は動揺を隠せないまま、マグカップをテーブルに置く。

彼の両親は、確実に仲が悪くなっていた。だからこそ、離婚をしたというのは理解できる。

でも、あのあと三人バラバラになってしまったとは想像していなかった。

両親が離婚したとしても、どちらか一方の親とは一緒に住んでいるとばかり思っていたのだ。

言葉が出てこない。そんな私に追い打ちをかけるように、彼は肩を竦めた。

「二人はそれぞれのパートナーと結婚して家庭がある。俺は高校を卒業してからは会っていない」

「会っていないって……」

「高校生の頃も俺は寮に入っていたから、個人面談会なんかで顔を合わせるぐらいだったかもな」

「誠司くん……」

「大学を卒業するまでは養育費は出してもらえたし、問題はない」

「問題はないって……」

確かに生活するためのお金や授業料など、学生のうちは費用がかさむ。

その資金がなければ生きていけないし、学業に打ち込めない。

きちんと卒業まで見てもらえたことに関してはよかったと思うが、胸が切なくて苦しくなる。

家族全員が生きているのに。どうしてバラバラに過ごさなくてはいけないのだろう。

両親を亡くした私からしたら、どうしても理解できなかった。

わかっている。世の中には血の繋がった家族でも、色々な問題を抱えている人たちがいることを。

家族だからこそ、拗《こじ》れてしまう問題があるということも理解している。だけど……。

胸が苦しくて仕方がない。

そのときの誠司くんの気持ちを考えたら、胸が潰れそうに痛む。

膝に置いていた手をギュッと力強く握りしめていると、誠司くんは淡々とした口調で言った。

「で、このマンションは手切れ金だ」

「え？」

「家族として会うことはもうないからって、渡された金で買った」

胸が詰まる。ギュッと唇を噛みしめた。涙が零れ落ちそうになるのを必死で堪える。きっと誠司くんは、私の涙などいらないはずだ。悲しくて辛かったのは、誠司くんなのだから。

わかっている。だけど……。

泣き出してしまいそうになっていると、彼は感情が読めない声で続けた。

「父さんも母さんも、それぞれが仕事で成功をしている。そして、お互いに家族もいるからな。俺という存在はないものとしたいんだろう」

「そんな！」

思わず声を荒らげてしまった。立ち上がって感情を露にする私を見て、誠司くんはかすかに笑う。

だが、その笑みが儚《はかな》く見えて悔しかった。

——誠司くんのお父さん、お母さん。酷いよ……。酷いよ、酷い!!

彼が諦めたように笑うから、私はそれ以上何も言えなくなってしまう。
ストンと力が抜けたように、ソファーに腰を下ろす。
いがみ合っていたのは知っていた。連日連夜の喧嘩を聞けば、自《おの》ずとわかる。
お互い、もう二度と顔を合わせたくない。そんなふうに彼らは思っていたのだろう。
だからこそ、相手を思い浮かべてしまう存在――誠司くんが邪魔だったのか。
高校生とはいえ、まだまだ親が恋しい時期だ。
それなのに、彼はずっと両親に会うこともなく寮生活を送っていた。
それは大学生になっても、そして社会人になっても続いている。
挙げ句の果てに絶縁とばかりに、手切れ金を渡してくるなんて……。
手切れ金をもらったとき。彼は、どんなふうに思っただろう。
悔しかったのか、悲しかったのか。
きっと口に出すことができないほど絶望を感じただろう。
誠司くんはなんでもない様子で淡々と事実を話していく。
言葉にできない悲しさを感じて、私は彼の両親に対して怒りを覚えた。
我慢していたのだが、ついに怒りのたがが外れる。
膝の上でギュッと握りこぶしを作っていた手の甲に、涙がポタポタ落ちた。

そんな私を見て、彼はタオルを差し出してくれる。

「心愛が泣くことじゃない」

「だって……だって……っ！」

私が泣きじゃくったところで、彼の悲しみや寂しさは埋まらない。

わかっていても、涙が零れてしまう。

私が泣いてしまったら、誠司くんが困る。わかっているのに止まらなかった。

渡されたタオルを顔に押しつけたあとも嗚咽《おえつ》が止まらない。

すると、誠司くんは私の隣に座り、あの頃のように「よしよし」と頭を撫でてくれる。

その手つきが優しくて、温かくて。またまた泣けてきてしまった。

泣いている間、ずっと彼は頭を撫でてくれる。本当に優しくて頼りがいがあるお兄ちゃんだ。

昔からそうだったけれど、今も変わらずにいてくれたことが嬉しい。

ようやく荒ぶっていた感情が落ち着き泣き止むと、誠司くんはホッと息を吐き出した。

彼に迷惑をかけてしまったことを謝ると、緩く首を横に振る。

大丈夫だ、とほほ笑む彼を見て、私は胸を撫で下ろした。

彼はコーヒーを一口飲んだあと、「今度は心愛の話を聞きたい」と話を変えてきた。

怖いぐらい真剣な表情で私を見つめてくる。

「で？」

「え？」

何が言いたいのかわからず首を傾げると、より真顔になった誠司くんは私に問いかけてきた。

「ここからが、本題だ。どうして今日、海道とホテルにいた？」

「え？　え？」

「そもそも、どこで海道と知り合いになったんだ？」

圧がすごい。それも、ものすごく怖い表情で聞いてくるので、私は腰が引ける。

「全部、吐いてもらうぞ？」

そう言う誠司くんは、まさに刑事ドラマでのワンシーンのよう。

取調室での容疑者と警官のやりとりのようだ。

すべて白状するまでは、逃がさない。そんな確固たる意思を彼からは感じる。

――さすがは、現役警察官……っ！

誠司くんのあまりの迫力に私はごくりと唾を呑んだ。

4

真っ赤になっているであろう目で、誠司くんを見つめる。

彼の瞳はまっすぐで、嘘偽りを見抜いてやるという気概に溢れていた。

だが、それが怖く感じられて首をユルユルと横に振る。

やはり本物の刑事さんなんだと、再認識した。

怯えた目で彼に視線を向けると、彼はハッとした様子で謝ってくる。

「あ、悪い……」

ガシガシと髪を掻き乱すように乱雑に手を動かしたあと、もう一度「悪かった」と謝罪してきた。

「心愛のことが心配で……つい」

そう言った誠司くんの頬が、少しだけ赤く染まっているように見えた。

本気で私を心配しているからこその行動なのだとわかる。ホッと胸を撫で下ろした。

誠司くんが怒っているのではないとわかった私は、今日起きた出来事について彼に包み隠さず話した。

勤め先だったイベント会社が突如として倒産してしまい、路頭に迷いそうになっていること。

ショックのあまりフラフラと駅まで歩いていたら、クラブの求人募集の張り紙を発見。それを興味本位で見ていたら、クラブの黒服が出てきて強引に店に連れ込まれそうになってしまった。

そこに海道さんが現れて、助けてくれたのだと正直に話す。

「海道さんは私が勤めていた会社の取引先会社の社長さんで、一度、社内でセクハラに遭って困っていたときに助けてもらったんです」

「なるほど……。心愛の今の状況は理解した」

チラッと私に視線を送ってくる。彼の目は、呆れているといわんばかりだった。

「職をなくして生活が困難になりそうな上、あの男からのストーカー被害か」

「えっと……」

明日から働く場所を失ったのは事実だし、おばあちゃんの入院費用や引っ越し費用などがかさんで貯蓄を取り崩してしまったので残高があまりないのも事実だ。

おばあちゃん家を売ってしまえば、生活は楽になるのはわかっている。

でも、それはどうしてもしたくなかった。私にとって大事な実家でもあるからだ。

しかし、一軒家を維持するとなると、それなりに費用というものが必要になってくる。

それらの資金を貯めておかないと、いずれは家を手放さなければならなくなってしまう。

だから、今ある貯蓄には極力手をつけたくない。となれば、とにかく働くしか日々を暮らしていく方法はないだろう。

誠司くんの言うことは、間違っていない。概ね《おおむ》正解だ。だけど……。

「ストーカーって……」

困惑して呟くと、彼は「そんなに都合よく助けられるものじゃないぞ?」と苦言を呈してきた。

確かに先程の私の話を聞けば、率直にそんな感想が出てくるのも仕方がない。

だけど、私は抗議の意味も込めて、口調を強める。

「でも、別にストーカー被害なんてありません」

一瞬だけ、ホテルでのやりとり――海道さんに「結婚してお嫁さんになるという方法がある」と言われたことを思い出す。

だが、あれは彼なりの気遣い。ジョークだ。

あまりに私が落ち込んでいたから、少しでも気持ちを浮上させようとして言ってくれたリップサービスだ。真に受けるものではない。

心の中で「ないない」と決定づけたあとに、きっぱりと言い切ったのだが、それをすぐさま誠司くんは否定してくる。

「甘いな、心愛。そういうところが、警戒心がないと言われる所以《ゆえん》だぞ？」

「どうしてですか？」

不思議に思って首を傾げると、彼は冷静に状況を分析し始めた。

「セクハラされていたのを助けてもらった。そこまではいい。だが、クラブの前で会ったというのがあまりに出来すぎていると思わないか？　心愛を探していたら見つけたと言った方がしっくりくる」

誠司くんはそう言い切ったあと、ギロリと厳しい視線を送ってくる。

「で？　どこのクラブの黒服に捕まったんだ？」

会社にほど近い最寄り駅の近くにあるクラブの名前を告げると、「あぁ」と誠司くんは何かを確信したように頷く。

「そこのクラブの近くには、あの男が出資している店があるからな」

「え？」

「知り合いに探りを入れさせていて、駆けつけたんだろう」

まさか、と驚いて目を見開いたが、誠司くんは真顔だ。

間違いないと思っているのだろう。自信ありげな表情だ。

誠司くんが、ここまで彼を警戒しているのには理由があるのか。

黙り込んでいる私に、誠司くんは突然とんでもないことを言い出した。

「心愛。当分の間、ここに住め」

「え……？」

最初こそ、彼が何を言ったのか理解できなかった。

だが、脳裏で何度も彼が言った言葉を反芻《はんすう》してようやく言葉の意味を知る。

ギョッとして彼を見ると、頑固親父ならぬ頑固兄貴といった雰囲気で腕組みをしている。

異議申し立ては受け付けない。そんな威圧的なものを誠司くんから感じて、一瞬言葉に詰まる。

唖然としていた私だけれど、すぐに慌てふためいた。

彼の発言を噛みしめるたびに、パニックに陥ってしまう。

「どうしてですか？」

取り乱す私とは相反して、彼は冷静沈着だ。

「市民の安全を守るのが、俺の仕事だからだ」

こちらがバカみたいに見えるほど、彼は平常心である。

あわあわしている私を横目でチラリと見つめてきた誠司くんは、それでも冷静さを失わなかった。

テーブルに置いていたマグカップを手にすると、それを優雅な所作で一口飲む。

ゴクリと喉仏が上下に動く。その様子を見て、胸がドキッとしてしまった。

最後に誠司くんにさよならしたときには、彼は思春期まっ只中。

大人の男性らしい身体つきになっていく途中だったはず。

ここまで男性だと意識するほどではなかった。

それだけ年月が経ち、彼は大人の男性になったという証拠なのだろう。

私が彼の男性的な魅力を感じてドキドキしているなんて思いもしないであろう誠司くんは、マグカップを持ちながら私を見つめてくる。

「俺は当然のことを言っただけだ」

「でも……」

それ以上言葉を紡げないでいると、彼は淡々とした口調で言う。

「まずはコーヒーでも飲め。温まる。外は寒かったからな」

今はそれどころではない。そう訴えるのだけれど、誠司くんは断固として譲らない。

まずは温かいコーヒーを口に含み、少し落ち着けと言いたいのだろう。

だけど、こんなふうにしたのは誰だと思っているのか。誠司くん本人なのに。

それを自覚していない彼を恨めしく思いながら、彼の言うことを聞く。

手を伸ばしてマグカップを持ち、それをゆっくりと口へと運ぶ。

誠司くんは、私が甘いものが好きだったのを覚えてくれていたのだろう。

砂糖とミルクを入れてくれている。後味は、ほんのりと甘みもあって美味しい。

ふぅと息を吐き、カップから口を離す。

テーブルにカップを戻すと、誠司くんはようやく話す気になってくれたようだ。

「どうして、俺の家に住めと言ったかなんて、理由を言わなくたってわかるだろう？」

「え？」

「クリスマスも終わり、ここから年末だ。当然会社も休みに入るところが多くなるだろう？　となれば、就職活動は年明けからじゃないと動けないはず」

ごもっともな話だ。私が身体を縮こまらせていると、彼は事務的な口調で続けてくる。

「貯蓄があまりない今、少しでも出費は抑えたい。そうじゃないのか？」

「う……っ」

「あの家を売らずにいるということは、維持費だって捻出しなければならないんだろう？　春には税金徴収が来る。その費用を捻出できるのか？」

痛いところを突いてくる。唸るしかできない。

そんな私を見て、彼はより現実を突きつけてくる。

「そうじゃなくても、おばあちゃんが亡くなってしまった今、頼れる親類はいない。となれば、心愛一人でこの局面を乗り切らなければならない」

「っ……！」

「少しでも出費は抑えた方がいい。違うか？」

厳しい眼差しを誠司くんから向けられて、ぐうの音も出てこない。

項垂れる私に、彼は「悪いことは言わない」と前置きをしたあと、再び私に命令口調で言った。

「ここに住め。反論は受け付けない」

ピシャリと言い切った誠司くんは、ふいっと私から視線をそらした。それを見て、私は心の中でため息を零す。

これは、誠司くんなりの優しさ。それがわかったからだ。

——ほら、耳が赤くなっている。

照れているのだろう。だからこそ、こんなにキツい言い回しで私を説得したのだとわかる。

こういうところも、彼は何も変わらない。それがわかって嬉しくなる。

だけど、誠司くんに迷惑をかけるわけにはいかない。断固として拒否しなければ。

しかし、彼はとても頑固だ。こうと決めたらてこでも動かない。そんな一面があるのも知っている。

大人になるにつれてその性格が薄れていればいいのだけれど、今の彼を見る限り薄れるどころかますます頑固に磨きがかかっているようにも見える。

それに、ここまで強く言ってきているのだ。簡単に彼が折れるとは考えにくい。

必死に打開策を頭の中で練っていると、彼は焦燥感を漂わせた声色で言った。

「頼むから、ここに住むと言ってくれ。心愛」

「誠司くん？」

懇願するような声に、びっくりして彼を凝視する。

すると、誠司くんは私に強い眼差しを向けてきた。

「俺は、心愛とおばあちゃんに多大なる恩がある」

「恩って……」

戸惑いながら言うと、彼は「あるんだ」と畳みかけてくる。

「あの頃、もし心愛とおばあちゃんがいなかったら……。俺は、精神的にどうなっていたかわからない」

噛みしめるように言う彼の横顔を見ていたら、何も言えなくなってしまった。

シンと静まり返るリビングに、彼の低い声が響く。

「両親が不仲で家に居場所なんてなかった。自分はこの世界で一人きり。そんな孤独感を抱いていた俺を、心愛とおばあちゃんは助けてくれた」

彼は前屈みで股を開き、腿に腕をのせ指を組む。

過去の自分を思い出して、切なさに居たたまれなさを感じているのか。

俯きかげんになりながら、ぽつりと本音を呟いた。

「あの頃できなかった恩返しをしたい」

彼の名前を呼ぼうとしたのだが、それを押さえるように誠司くんは続けた。

「中学生の俺にできることなんて、何もなかった。ただ、感謝を伝えるしかできなかったからな」

「そんなことないです」

慌てて否定をした私を見て、彼は寂しそうに目を細めた。

「砂を噛むような日々を過ごし、仕事に忙殺されて……。あのときの恩を忘れてしまっていた。こうして心愛に再会したのは、天が俺にチャンスをくれたんだと思った」

「チャンス？」

「ああ。今ある生活は、心愛たちのおかげなんだ。だからこそ、その恩返しをするチャンスが欲しい」

彼は真剣だ。こうまで言われてしまっては、なかなか遠慮できそうにもない。

彼にしても長年心の奥底で小骨が引っかかったように気にかけていたのが、私とおばあちゃんのことだったのだろう。

誠司くんとしては、なんとしても恩返しがしたいはず。

だけど、そもそも私は恩返しなんてしてくれなくてもいいと思っている。

もし、おばあちゃんが生きていたとしても同じことを言っているはずだ。

チラリと彼を見ると、真摯な目で私を見つめている。

視線をそらせないほど強い意志を持った彼の目を見て、なんと言えばいいのかわからなくなる。

ここで誠司くんに遠慮してしまったら、彼はずっと恩返しができなかったことを悔やんで生きていくはずだ。

それがわかっていて、私に彼からの提案を拒否できるだろうか。

なかなか頷かない私に痺れを切らしたのか。誠司くんは困った様子で息を吐き出す。

「今、アパートに帰るのは危ない。あの男が心愛を待ち伏せしているかもしれないから」

「あの男って……、海道さんのことですか？」

問いかけると、彼は深く頷いた。だが、さすがにそれはないだろう。私は笑って顔の前で手を振る。

「それはないです。だって海道さんは、私の勤め先しか知らないんですから」

一度としてアパートの住所を伝えていないし、私の携帯番号も知らないのだ。

ただの顔見知り程度の間柄なのに、どうして海道さんがそこまで私のことを知っているというのか。笑って否定したが、誠司くんの顔を見て笑いを止める。

彼がとても難しい顔をしていたからだ。

口を噤んだ私を見ている彼は、深刻な空気感を纏っている。

「さっき言っただろう？　あの男はストーカーじみているって」

「待ってください、誠司くん。海道さんは、そんなんじゃ……」

慌てて否定をしたのだけれど、誠司くんは静かに首を横に振った。

「ストーカーもたちが悪いが、もっとたちが悪い男だぞ？　あの男は」

「え？」

訝しげに彼を見ると、何かをごまかすように咳払いをした。

「とにかく、諦めのいい男では決してないな。心愛なんて言い含められて、とんでもないことになるぞ？」

鬼気迫る勢いで言われて、さすがに背筋が伸びる。同時に得体の知れぬ恐怖心を煽《あお》られた。

ブルルと震えて自分自身を抱きしめながら、誠司くんに恐る恐る聞く。

「とんでもないことって……なんですか？」

正直に答えて欲しくて彼を見つめたのだけれど、薄く笑うだけで真実は教えてくれない。

「さぁ？」

——これはずるい。ずるいと思います！　誠司くん。

こんなに私を怖がらせておいて、真相を話してくれないなんて。

怖いから教えてくださいと誠司くんに縋るけれど、彼は口角を意味深に上げるのみ。教えてくれるつもりはなさそうだ。

ここまで気にさせておいて、この結末はないだろう。

困惑めいた表情を向けると、彼はガシガシと乱雑に私の頭を撫でてきた。

そして、笑顔を貼りつけたようなむしろ恐ろしい表情を向けてくる。

「心愛。いい子だから、俺の言うことを聞いておけ」

そう言ってくれる誠司くんだけど、本当にお世話になってもいいものだろうか。

返事に困っていると、リビングに携帯の着信音が響いた。どうやら私の携帯のようだ。

緊迫した空気を払拭できたことにホッとする。これでこの話は仕切り直しできそうだ。

ごめんなさい、と誠司くんに謝りを入れたあと、私はバッグの中から携帯を取り出した。ディスプレイを確認すると、私が今契約しているアパートの管理会社からだ。

どうしたのだろう、と携帯を持ちながら慌ててしまう。

今月の家賃は、すでに引き落としで支払ってあるはず。

貯金が少ないとはいえ、半年ほどは支払えるぐらいの貯蓄額はあったと思う。

隣人たちにも迷惑をかけていなかったはずだし、管理会社から連絡が来ることなんて何ひとつないと思うのだけれど……。

不審に思いながらも電話に出た。

「もしもし」

『西花さんの携帯で間違いないでしょうか？　私、アパートの管理会社の者ですが、至急西花さんにお伝えしたいことがございまして連絡させていただきました』

「な、なんでしょうか……」

嫌な予感しかしない。青ざめながら管理会社の担当者からの話を聞いたのだが、内容があまりに悲惨で通話を切る頃には魂が抜けてしまうほど意気消沈してしまった。

私と管理会社とのやりとりを近くで聞いていた誠司くんは、盛大にため息をついている。

そして、憐れんだ視線を送ってきた。その視線を一身に浴びて居心地が悪い。

だが、ため息をつきたいのは私だ。

呆然としながら携帯をバッグの中にしまったあと、天井を仰いだ。

――弱り目に祟《たた》り目ってこういうことを言うんだろうな……。

世知辛い世の中を目の当たりにし、私は悲嘆の声を上げたくなる。

アパートの管理会社からの電話内容は、立ち退きのお願いだった。

私が現在住んでいるアパートは築三十年という、なかなかに年季が入ったアパートだ。

壁は薄いし、隙間風も入ってくる。昭和感が漂うオンボロアパートは、確かに古い。

だけど、その分家賃は破格の値段だった。それに、駅へのアクセスも徒歩圏内。

この物価が高い都市では、なかなか見つからない好立地かつ安いアパートだった。

不満を言い出したらきりはないけれど、それでも一人暮らしの私には立派なお城だったのに……。

先程アパートの一階でボヤ騒ぎがあったらしく、半焼してしまったらしい。

私が借りている部屋は二階で直接的には燃えなかったのが、不幸中の幸いと言うべきか。

煙で匂いは酷いらしいのだけれど、荷物はおそらく無事だという話だ。

だが、問題はここからだ。

建て直すにしても、リフォームするにしろ、住民は一度退去する必要がある。

だけど、この古いアパートを再建させる気がアパートの大家さんにはないそうだ。

それもそうだろう。大家さんは、すでにご高齢のおじいちゃんだ。

そして、残念ながら家を継いでくれる子どもがいないと聞いている。

今更アパートを建て直しても管理してくれる後任がいなければどうしようもない。

そのため、大家さんはアパートを取り壊す決意をしたという。

保険が下りるらしく、多少は慰謝料が入るというが、近々取り壊しになるというのなら立ち退かなければならなくなる。

慰謝料で新居の敷金礼金などは賄《まかな》えるかもしれないけれど、探すとなれば一苦労だ。すぐに見つかるものではない。なんと言っても、今後の生活のためにはあまり高い家賃のところでは行き詰まってしまうし、駅が遠いような場所では仕事に行くにしても大変だろう。

何より新居を借りるとしても、仕事がなく保証人もいない私では困難を極めるのは明らかだ。

審査に落ちるのは目に見えている。それがわかっているからこそ辛い。

腰を据えて新居選びをしたいのは山々だが、時間は待っていてはくれない。

管理会社が言うには建物自体が倒壊の恐れがあるらしく、早急に荷物をどこかに移動しなければならない。

となれば、当面の間はホテル暮らしを余儀なくされるのだろう。

予想もしていなかった痛い出費に、涙が出てきてしまいそうだ。

四面楚歌《しめんそか》な状況に、頭が痛くなる。

仕事もなければ、家もない。ないないずくしの現況に嘆きたくなる。

チラリと誠司くんを見ると、不敵に口角を上げていた。

ほら、俺の言うことを聞くしかないだろうと言わんばかりだ。

――でも、誠司くんに迷惑をかけるのは気が引ける……。

彼は私とおばあちゃんに恩があると言っていたが、私はそう思わない。

誠司くんは小さかった私の面倒をみてくれていたのだ。その時点で、すでにチャラになっている。

これ以上は、誠司くんが引け目を感じる必要はないのに。

私がなかなか誠司くんに助けを求めないことに焦《じ》れたのか。誠司くんは深いため息を吐き出す。

「本当、心愛は昔から頑固だな」

「そんなことないですっ。誠司くんほどじゃないと思います！」

不服を訴えると、彼はクツクツと意地悪っぽく笑った。

「ほら、早くここに住むと言え。そうすれば、すべて丸く収まる」

「……」

「心愛は住む場所をなくした。ついでに仕事もない。それを助けられるのは、俺だけだろう？」

口を開かず断固として拒否の姿勢を崩さない私を、彼はどんどん追い詰めていく。

「そして、俺は子どもの頃の恩返しがしたいと願っている。それを叶えられるのも、心愛だけ。お前のさじ加減ひとつということだ。だから――」

彼は、ツンツンと私の鼻の頭を指で触れてくる。

「観念して俺に恩返しされておけ」

「うぅ……っ」

彼に助けてもらうのが一番なのかもしれない。

だけど、やっぱり誠司くんに迷惑はかけられないだろう。

こういうところが頑固だと彼は言うのだろう。でも、頑固さで言えば誠司くんだって同じだと思う。

揺れる心に気がついたのか。それとも、私のあまりの頑固さを嘆いたのか。

私の目をジッと見つめてくる。その目には、どこか熱が含まれているように感じた。

真剣な声色で誠司くんは、さらにひとつ提案をしてくる。

「恩返しでは嫌ならば、俺と籍を入れて夫婦になればいい」

「え……？」

思わずぽっかりと口を開いてしまった。今、彼は何を言ったのか。

胸がキュンとして、顔が熱くなってしまう。

――夫婦って……どういうことなの？

動揺が隠せない。目を何度も瞬かせたあと、私は笑ってごまかした。きっと、私の聞き間違いだろう。

今、巷《ちまた》では困っている女子を「結婚しようか」と宥める冗談が流行《はや》っているのか。海道さんといい、誠司くんといい。どうしてそんなことを言い出したのだろう。冗談がきつい。

「冗談はやめてください、誠司くん」

「冗談？」

「冗談ですよね？　揶揄《からか》うのはやめて欲しいです！」

それも今日二度目の出来事だ。さすがに二度も同じ手には嵌まらない。

私は、彼を軽く睨みつける。

「今の私はいっぱいいっぱいになるぐらいに色々あったんですから。あんまり混乱させないでください」

ね？　と困っていることをアピールするために小首を傾げる。

だが、誠司くんの表情は真剣そのもので、口を閉ざした。

ジッと私を見つめる眼差しは、真剣ですけどと言わんばかり。

頬を引き攣《つ》らせながら誠司くんを見つめる私。そんな私を真摯な目で見つめ返してくる彼。

いやいや、まさか。そんな言葉が何度も脳裏を行ったり来たりしているうちに、だんだんと嫌な汗を掻き始めてしまう。

考えてみれば、誠司くんという人は昔から冗談を言うような人ではなかったはず。

でも、冗談だと言って欲しい。そんな私の願いを彼は撥ねつけてきた。

「この顔を見て、冗談だと言えるか？」

言えません。さすがにわざと浮かべていた笑みを引っ込める。

誠司くんはふぅと小さく息を吐き出したあと、「これは大真面目な話だ」と最初に断りを入れてきた。

「俺と籍を入れて、夫婦になればいい。そうすれば一緒に住むことに気兼ねしなくて済むだろう？」

誠司くんの言っている意味がわからない。

いや、わかるけれど、どうしてそんな突拍子もないことを言い出したのだろうか。

呆然として目を見開くしかできない私に、彼は至極まっとうなことを言っているかのように自信ありげだ。

「家計を一緒にし、衣食住を共にする。夫婦として当然の権利だ」

言い切った。これが当然、これが真理だとばかりに言い切った。

思わず「そうですね」と納得しそうになるほど、説得力ある口調で言われてうっかりと頷いて同意してしまいそうになる。

でも、すぐにそれを頭の中で打ち消した。こんなことが当然なはずがない。

慌てて首を横に振って、彼の意見を否定する。

「いえいえ。さすがに、それはないです、誠司くん」

「そうか?」

「そうです」

しかし、納得する彼ではない。私と負けず劣らずの頑固者だということは知っている。

私は笑顔で、彼は真顔で応酬するが、どちらも一歩も引かない。

この案件に関しては、彼に従うのはさすがにマズイだろう。百歩譲って当面の間、彼のマンションでご厄介になる。そこまでは、妥協できる範囲かもしれない。

そして、彼がおばあちゃんに恩を感じているのもわかる。

恩を返したいと思っても、すでにおばあちゃんは天国に行ってしまった。

となれば、彼女の孫である私を助けて、間接的ではあるけれど恩返しをしたい。

そんな考えも、納得がいくと言えばいく。

しかし、籍を入れるというのはさすがにやりすぎだ。

籍を入れることは、そんなに簡単にホイホイしていいものではない。

その点を誠司くんはわかっているのだろうか。

安易に籍を入れたら、困る事態になる可能性が高くなるのに。

これはしっかりと彼と話し合いをする必要がある。

私は盛大にため息をついたあと、誠司くんを追及した。

「誠司くん、そんなに簡単に結婚なんてしちゃダメなんですよ？」

「別に簡単じゃない。俺だってきちんと考えているぞ？」

いいえ、絶対に考えていない。今も、真面目な顔をして言い切っている彼を見て肩を落とす。

「よく考えてください。誠司くんだって、いずれ結婚するでしょう？　そのときに私と籍なんて入れていたら困ることになりますよ？」

それは私にも同じことが言える。とはいえ、今はまだ結婚する相手もいないのですぐには困らないけれど。

だけど、誠司くんは違う。男盛りの三十二歳だ。

これだけかっこよくて優しい人だから、周りの女の人が黙ってはいないだろう。

「誠司くん、絶対にモテますよね？　それなのに、私なんかと同情で結婚なんてしたらいけないと思います。それに、誠司くんは付き合っている人とかいないんですか？もしくは、想っている人とか」

そう言うと、誠司くんの表情が変わる。

「付き合っている女や好きな女はいない。そんな女がいるのに、心愛にこんなこと言ったらさすがに誠意がないだろう」

心外だな、と彼は顔を歪めた。

確かに、誠司くんはそんなことはしないだろう。

ごめんなさい、と素直に謝ると、彼は表情を緩めてくれた。

「元より、俺は一生結婚するつもりはなかったから大丈夫だ。安心しろ」

「誠司くん……」

彼の言葉を聞いて、口を閉ざす。彼がどうしてこんな決断をしているのか。わかったからだ。

誠司くんの両親は仲が悪かった。だからこそ、彼は家にいたくなくて隣に住んでいる私とおばあちゃんの家に避難していたのだ。

挙げ句、彼らは離婚してお互いの血を分けた子どもである誠司くんを捨てた。

そんな両親を見ていれば、結婚に夢を抱けなくなるのも仕方がないのかもしれない。

押し黙っている私の胸中はきっと彼はお見通しだ。

困ったように笑った誠司くんは、「お前が気にすることじゃない」と優しく労ってくれる。そんな彼を前にして、私はますます切なくなった。

「籍を入れると言っても、本当の夫婦になるわけじゃない」

「え?」

「いわゆる仮面夫婦ってやつだな」

「仮面夫婦……」

復唱して呟くと、彼は小さく頷く。

「対外的には夫婦だと見せておくだけ。夫婦生活をしなくてもいいという意味だ。ただの同居人としてお互い生活していけばいい。見せかけ夫婦になればいいってことだな」

「見せかけって……」

言葉をなくしている私に、彼は畳みかけてくる。

「今後、心愛に好きな男ができたら離婚すればいい。こういう条件ならどうだ？」

「どうだって……」

まさか、こんな提案を誠司くんがしてくるなんて思ってもいなかった。

タジタジとなりながらも、私は思いついたことを彼に問いかける。

「で、でも……。それなら籍を入れる必要なんてないんじゃ……？」

誠司くんが「籍を入れよう」なんてとんでもない提案をしたのは、私が彼からの好意をなかなか受け取ろうとしなかったからだ。

私が「迷惑をかけてしまうかもしれないけれど、少しの間助けてください」と彼に縋って、このマンションに住まわせてもらえば籍を入れる必要なんてなくなるはず。

そんなふうに言うと、彼はなぜか好戦的な態度を見せてきた。

ソファーに背を預けて腕組みをし、チラリと私を横目で見てくる。

だが、その視線には、どこか労りのようなものを感じた。

「それでいいと思うなら、別に構わない。だが、あとのことは保証しないぞ？」

「え？」

「俺では助けられなくなる。それだけは言っておく」

「どういう——」

そのあとは続けられなかった。ただ、彼を見つめるしかできない。

誠司くんは、急に怖いことを言い出した。身震いをしてしまう。

冗談を言っている様子ではないのが、より怖さを増幅させていく。

真面目すぎる表情の彼を見て、背筋が凍る。

どうして彼はそんなふうに言うのか。

確かに現在私は無職であり、住むところも失ったばかりだ。

若い身空で、頼る親類もいない私は、かなり厳しい状況に立たされているだろう。

そんな私の危うい状況に関しての警告とも受け取れるが、それだけではない何か深い理由が存在している気がする。

今までにないピリリとした空気感に私が固唾を呑むと、誠司くんは苦しそうに顔を歪めた。

そして、どこか覚悟を決めたように視線を落とす。

「本当は心愛には何も言わずにいたかったから、ごまかしてみたんだが……。さすがにそれも無理か」

「誠司くん？」

「これはなるべく言いたくなかったんだが……」

と彼は重い口を開く。本当に渋々といった様子の彼を見て、私は目を瞬かせた。

「心愛の質問に答えてやる」

「え？」

「海道に近づいてはいけないっていう、本当の理由だ」

「あ……」

ホテルの従業員通路で、私が誠司くんに問いかけた質問だ。

あのときは流されてしまったが、質問の答えを教えてくれる気になったらしい。

私と誠司くんが再び会うことになったのは、海道さんがらみなのではないかと感じていた。

だけど、彼はできれば私に理由を言いたくはなかったのだろう。

何度も息を吐き出していて、なかなか口を開かない。

視線を泳がせていた誠司くんだったが、私をまっすぐに見つめてきた。

そして、ゆっくりと口を開く。

「俺が心愛にこのマンションに住めと言ったのは、恩返しをしたいからだけじゃない。別の理由もある」

ますます意味がわからなくなってきた。

混乱を極めている頭で必死に考えるけれど、誠司くんが言おうとしていることが全くわからない。

半ばパニックに陥っている私とは対照的に、彼は冷静な様子でさらに続ける。

「海道と縁を切るためには、俺と結婚した方がいい。だから、籍を入れることを提案した」

「え?」

驚いて、誠司くんを見つめる。

だが、彼は未《いま》だに視線を落としたまま。だけど、その横顔からは複雑な感情の色が垣間見える。

「海道に狙われたら、心愛はいずれあの男の下から一生離れられなくなる」

どういうことなのか。頭が真っ白になってしまった。

海道さんは、そんなにも怖い人なのか。私は唖然としてしまった。

確かに海道さんからは只者ではないオーラを感じてはいたし、押しの強さ、口のうまさでは敵《かな》わないと思っている。

でも、それは経営者だからこそのスキルだとばかり思っていた。

しかし、そうではないと言うのだろうか。ドクドクと心臓が嫌な音を立て始める。

誠司くんは初めから一貫して、海道さんは私を狙っていると言っていた。

それが本当なのかどうなのか。私には判断できない。

だけど、もし海道さんが私に好意を向けているとした場合、危険が伴う。

誠司くんは、暗にそう言いたいのだろう。

私が既婚者にならなければ、危険を回避できない。

誠司くんはそう考えているからこそ、私を守るためにこんな無茶ぶりをしてきたというのか。

俯きかげんだった誠司くんが、そのままの姿勢で私を見上げてきた。その目には、冗談なんて言葉は見つからない。ただ、本気で私を心配しているのが伝わってきた。

そんな誠司くんを見て悟る。私が今すぐ結婚しなければ、何かよからぬことが海道さんがらみで起きる。そう言いたいのだ。

十一月末と今日、彼は事件の捜査のために動いていた。そのときに、私を見つけたと言っている。

ということは、海道さんは捜査と何かしら関係があるのだ。

固唾を呑んで誠司くんを見つめていると、彼は深刻そうな口調で言う。

「あの男……、海道は裏の社会で生きてきた男だ」

「え？」

どういう意味なのか。すぐには彼の言葉が理解できなかった。

目を何度も瞬かせていると、彼は私にもわかりやすい言葉で教えてくれる。

「海道は、今は組を畳んで堅気《かたぎ》になっているが、元極道だ」

「海道さんが……？」

彼の物腰柔らかな態度から考えて、とてもではないけれどアウトローな世界に足を突っ込んでいた人だなんて思えない。

信じられなくて、誠司くんの目を見る。だが、彼が嘘偽りを言っていないことはわかった。

唇が震える。まさか、私とは縁遠い世界にいた人だったなんて……。

海道さんとは会ってはいけない。誠司くんがここまで強く言っていた意味がようやくわかったが――。

元極道だと誠司くんは言った。とはいえ、元だ。今は堅気になり、まっとうな会社の経営者になっているはず。それなら心配はないと思ったのだが、そんな私の甘い考えを誠司くんは否定してきた。

「元とはいえ、極道は極道だ。まだまだあの男の周りには不穏な影が多い。そんな人物の近くにいたら、厄介ごとに巻き込まれるぞ」

「誠司くん？」

「海道は、お前を本気で欲しいと狙っている。なんとしてでも手に入れようとしてくるはずだ。もし、その手に落ちてみろ。もう逃げられない」

「っ！」

「海道がいくら堅気になったとはいえ、あの男を未だに極道の世界は手放していない。そんな男の伴侶になったら、海道もろともその妻も狙われる。だからこそ、心愛は俺と籍を入れた方がいい。そうすれば、海道も諦めるだろう」

言葉をなくす私を見て、彼は深刻そうな表情を浮かべた。体勢を直し、彼は身体ごと私の方を向く。

「いい子だから、俺の言うことを聞いておけ」

心から心配している様子の誠司くんを見て、私は戸惑いながらも頷いた。

これだけ懇願してくるのだ。そうしなければ、本当に危ない事態に陥ってしまうのかもしれない。

──誠司くんが言っているんだから、ここは彼に任せた方がいいよね。

昔から〝誠司くんの言うことは絶対〟という刷り込みがあるのかもしれない。

だけど、私は彼を信じている。

ムンと唇を強く横に引いて、誠司くんに救いを求める目を向けた。

すると、一瞬目を見開いた彼だったが、困ったように頬を綻ばせる。

「全く、そういうところだぞ?」

「え?」

どうして彼に窘められたのかわからず、キョトンとする。

すると、誠司くんに鼻の頭をチョンとつつかれた。

「警戒心なさすぎ」

「そんなことないですっ!」

これには反論したい。私は胸を張って言い切った。

「だって私は誠司くんを信用しているから! 警戒なんてする必要なんてないですっ!」

確かに、私は誠司くんに関しては全幅の信頼を寄せすぎているかもしれない。

だけどそれは、経験に基づいているから。彼が言うことはいつも正しいし、私を正解へと導いてくれていた。

頼りになる誠司くんが、冗談だけでこんな大事なことを決断して、なおかつ私に言うはずがない。色々と考慮した上で、私を〝何か〟から守るためには、彼と夫婦になるのが一番だと判断したのだろう。

彼がこの土壇場で私を騙すなんてあり得ない。私は誠司くんを信じることにする。

満足げに頷くと、誠司くんは噴き出して笑う。

笑うなんて酷い。そんな気持ちで彼を見つめると、瞳の奥に優しい色を湛えていた。

思わず視線をそらしてしまう。なんだか知らない男の人にほほ笑まれたように感じて、胸がドキドキした。直視するのはなんとなく恥ずかしくて顔が熱くなってしまう。

指を弄りながら、チラチラと彼を見る。

「でも、本当にいいんですか？　誠司くん」

彼は一生結婚をするつもりはなかったと言っていた。

だから、私と結婚しても特に問題はないと言い切っている。

でも、彼に迷惑がかかるのは間違いない。

彼を信じると言ったばかりなのに、どうしても踏ん切りがつかずに困惑してしまう。

誠司くんは私の顔を覗き込んできて、唇に笑みを浮かべる。

「悪かったら、こんなこと言わないぞ？　大丈夫だ、心愛」

きっぱりと言う誠司くんを見て、私は腹を決めた。

彼に甘えるのは気が引ける。だけど、私はきっと彼の手を取った方がいいはずだ。

それなら、彼を信じるしかない。

それに、どうしてなのか。胸の高鳴りが収まらなかった。

なぜだか高揚している自分を不思議に思いながらも、私は彼に向き直る。そして、深々と頭を下げた。

「ふつつかな仮の嫁ですが、よろしくお願いします」

すると、彼は真顔に戻って深く頷く。

「こちらこそ、仮の夫だがよろしく」

二人で目を見合わせて、思わず噴き出してしまった。

こういう時間が久しぶりすぎて、懐かしさと嬉しさで胸の鼓動を抑えられない。

一時は本当の家族のように、兄と妹みたいな関係だった私たち。

長い時を経て、こうして再会して一緒に住むことになるなんて。

その上、名目上の夫婦になろうとしている。

人生はどこでどう転ぶのか、本当にわからない。そんな一日だったなぁとしみじみと思う。偽りの夫婦になるとはいえ、以前までの関係と変わりはない。

だけど、なんだかワクワクする気持ちを抑えられないでいた。

彼は何かしらの事件に巻き込まれそうになっている妹分に救いの手を差し伸べただけ。わかっているのに、浮き立ってしまうのはどうしてだろう。

そんな私の心に水を差すように、誠司くんはサラリとした口調で言った。

「まぁ、海道がとっとと心愛を諦めたときには、離婚すればいいからな」

彼にしてみたら、私を安心させるための言葉なのだろう。

わかっているのに、なぜだか心の奥がモヤモヤとして気持ちが悪い。

――誠司くんは、ただのお兄ちゃんなのに。

どうして、そんな気持ちになってしまったのか。

自分のことなのに、よくわからなくて首を傾げた。

5

夕飯にピザを頼んで心愛との久しぶりの再会を噛みしめながら食べたあと、彼女に風呂を勧めた。

シャワーの音が聞こえ、すぐさま部下と電話で打ち合わせをする。

『まさか課長が捜査に加わるなんて思いませんでした』

そう言われて、苦笑する。

確かに基本現場は部下たちに任せ、俺は署に留まっていて所謂司令塔に徹している。

それなのに急に俺が現場に出れば、不思議がられるのも仕方がないだろう。

部下たちの戸惑いが伝わってきて、肩を竦める。

いわゆるキャリア組である俺は、現在階級は警視正だ。

一年ほど前から県警の捜査二課の課長をしている。

そんな中、とある事件を捜査していて、心愛の名前が挙がったときは心臓が竦み上がった。

ずっと心の支えにしていた、優しく温かな思い出。

その思い出と共に、はにかんで笑う、幼き心愛の顔があった。

引っ込み思案で大人しいくせに、「お兄ちゃん」とずっと俺の周りをちょこまかしていた、かわいい妹分。

俺がここまでまっすぐ生きてこられたのも、心愛との思い出があったからだ。

彼女は今、どうしているのか。そんなことを時折思い返していたのだが、まさか捜査会議の中で心愛の名前が出てくるなんて。

心愛が心配で、いつもなら現場に出ない俺が彼女を助けに向かうことになるとは。

その上、こんな事態――心愛と同居して、仮面夫婦になろうとするとは想像もしていなかった。

冷蔵庫から缶ビールを取り出し、ソファーに無造作にかけられていたダウンジャケットを羽織りながら、ベランダへと向かう。

キンキンに冷えた缶ビールを一口飲んだあと、ベランダの手すりに身体を預けて空を見上げる。

心愛は昔から純粋すぎて危なっかしい子だとは思っていたが、磨きがかかっていた。

だからこそ、俺が彼女を守らなければならない。

その使命感で、いつもの自分なら絶対にやらないであろう奇策に出てしまった。

――仕方がない。心愛を守るためにはこの方法しかない。

自分に言い聞かせるように呟く。

心愛のおばあちゃんには、本当に世話になった。

あのとき間違った道に進むことなく生きていけたのは、心愛とおばあちゃんが助けてくれたからだ。

いつの日か恩返しがしたい。そんなふうに思いながら、日々の生活に忙殺されてなかなかできずじまいだった。

いや、それは言い訳か。

ずっと彼女たちのことが気がかりだったが、会いに行くことは憚《はばか》られた。

彼女たちと別れてからの自分の人生があまりに悲惨だったため、そのことを心愛たちに知られたくなかった。伝えられないと思ったからこそ、会いに行けなかったのだ。

すでに亡くなってしまったと聞いて残念に思ったが、だからこそ心愛をおばあちゃんの代わりに俺が守ってやらなければならない。

状況が状況だとは言え、自分の口から「籍を入れればいい」などとふいに飛び出したのには驚いた。

海道の件などを考えればなかなかにいい案だと言えるだろう。

だが、突拍子もないと言われればその通りでもある。

俺もビックリしたが、心愛だってそれはもう面白いぐらいに驚いていた。

そのときの表情を思い出して、思わず笑ってしまう。

「さすがに、すぐには首を振らなかったな」

彼女は、俺の言うことに間違いはないと昔から思い込んでいる節があった。

身近にいた、彼女からしたら大人な俺——と心愛は思っていたようだが——の言うことは絶対だと思っていたのは知っている。

俺もその信頼に応えようと、当時は彼女を守っていた。

だから、彼女が信じるのも当たり前といえば当たり前なのだが……。

あまりに俺を信用しすぎていて、少々不安が過る。これから心配事が絶えなくなるな、と苦く笑った。

海道の正体を口にして、ようやく心愛は納得してくれたが……。

本当はあの男の正体は、伏せておきたかった。

何も知らないままでいて欲しい。心愛を不安にさせたくない。そう願っていたからだ。

はぁ、と息を吐き出すと、白く煙る。

息が消えるさまをジッと見つめながら捜査中の事件を考える。

とある事件を追っていて、捜査線上に海道の名前が浮上してきた。

とはいえ、彼はその事件に首を突っ込んではいないし、すでに組を畳んで堅気として社会で生きている。今の段階では海道に非はない。

しかし、問題はそれをよしとしない輩《やから》が未だにいるということだ。

今回の事件に裏社会の人物が関わっているのが判明。

その男を捜査対象として、調査を進めていた。

そんな中、その男の手下が時折海道に接触を試みているという情報を掴んだのだ。

現在、海道を取り込んで悪事を企むヤツらがいる。

そこまではわかっているのだが、まだ決定的な証拠が出てきていない以上何もできないのが状況だ。

海道がどちらに転ぶのか。今の段階ではわからない。

主犯が海道に接触するのを今か今かと待っている警察としては、他に巻き込まれる人物は増やしたくはない。

そんなときに、一人の女性が浮かび上がってきた。

その経歴と名前、写真を見てビックリする。

中学生の頃、かわいがっていた心愛の名前が出てきたからだ。

ルール上、彼女のことも警察は調べたのだが、こちらは白だとすぐに判明。

心愛が犯罪に巻き込まれていなかったと聞き、どれほど安堵したことか。

だが、まだ完全には安心できない状況に、俺は頭を抱えた。

海道が、心愛と仲良く歩いているところを目撃してしまったからだ。

犯罪に巻き込まれていないとはいえ、海道と一緒にいるところを犯行グループが目撃したら利用される可能性がある。

心愛には伝えず、海道を説得して彼女から離れてもらう。

もしくは、心愛を物理的に海道と離してしまおうと考えていた。

当初はそんな計画だったのだが、そうも言っていられなくなってしまっていた。

あまりに海道が心愛に近づきすぎていたからだ。

そして、心愛もあの男に心を開き始めている。

それがわかったからこそ、ここで釘を刺しておくべきだと判断した。

あの男は、心愛に心底惚れ込んでいて捕食者の目をしていたからだ。

ホテルで海道と心愛が一緒にいる姿を見て、焦燥感を抱いた。

足を洗っていない頃の海道を知っているという、暴力団対策課——マル暴の蓮見《はすみ》警部に聞いたのだが、極道時代の海道はそれはもう氷のような男だったらしい。

だからこそ、組を畳んで極道の世界から足を洗って堅気になった今の彼を見て信じられないとも言っていた。

『人間、変われば変わるということなんだろうなぁ』

警部と共に捜査したときに、そんなことを言っていた。

確かにその通りなのだろう。極道の世界から抜け出し、幸せになっているのならそれにこしたことはない。

しかし、危険な男であるのに違いないのは事実だ。

あの男は、心愛を女として欲している。それがわかった今、この件に関して野放しにしてはおけない。

海道に、大事な心愛を託すわけにはいかない。そんな使命感を覚えた。

だんだんと距離が近くなっていく二人を見て、ただ心愛を守っているだけでは海道は決して諦めないだろうと考えを改める。

心愛に惚れている。身体中から、そんな感情が滲み出ていた。

第三者から見て、それは明らかだ。

それなのに、心愛は海道が好意を持って接してきているなんて思いもしていない様子。だからこそ、頭が痛かった。

心愛の警戒心のなさは折り紙つきだ。

しかし、そんな彼女を口説くなんて、インテリヤクザと称されていた海道ならお手の物だろう。

現に心愛はうまく丸め込まれて、ホテルのカフェでお茶なんてしていたのだから。

二人でほほ笑みながらお茶を飲む。そんな光景を見たとき、なぜか腸《はらわた》が煮えくりかえった。

あの二人に近づき、今すぐ引き離してやりたい。そんな気持ちになってしまったのだ。

このままにしていたら、心愛はいずれ海道の手中に嵌まってしまう。

同時に、常に危険と隣り合わせの生活を送らなければならなくなる。

そうならないようにするには、向こうの気を完全に削がなければならない。

何か手はないか。ずっと考えてはいたのだ。

聞けば、心愛は現在とんでもない不運に陥っている。

勤め先は倒産してしまって無職になり、挙げ句の果てには住んでいたアパートが半焼してしまい立ち退きを余儀なくされてしまった。

これ幸いとばかりに、このマンションに住めばいいと促した。

だけど、頑《かたく》なに遠慮して、なかなか首を縦に振らない。

ここで心愛を放置したら、それこそ海道にとって格好のチャンスになる。

「心愛さん。どうか私と一緒に暮らしませんか？」「仕事、私が紹介しましょうか？」

などと、うまく心愛を丸め込むのは目に見えている。

それがわかっていたので、俺は相当慌ててしまった。

恩返しがしたいと言って情に訴えかけてみても——とはいえ、本当に恩返しをしたいと考えていたが——心愛は尻込みするばかり。

どうやって心愛を懐柔《かいじゅう》しようか。

悩みに悩んだ末、ふいに口から飛び出した言葉が『俺と籍を入れて夫婦になればいい』というものだった。

「よくあんなことを言ったよな、俺は……」

自嘲しながら、再び缶ビールを飲む。

ふぅと息を吐き出したあと、手にしている缶に視線を移した。

結婚は、俺とは一番かけ離れたものだという認識でいる。

家族を持つということに夢や希望を何も持っていないのだから、結婚なんて縁遠い存在だと思っていた。

両親は不仲になり、結局俺を捨てた。人としてどうかと思う。

だが、すでに違う家庭を持つ二人は、そちらの家族とはうまくやっている様子だ。

それではなぜ俺には、その幸せな家族を持つ権利が与えられなかったのだろう。

何度も考えたが、答えなど出るものではなかった。

ただ、この世の中で一番絆が強いと思っていた人たちからしたら、俺はただの邪魔者だった。それだけのことだ。

そんな俺が、所帯を持つらしい。奇妙なこともあったものだ、と再び自らを嘲笑《あざわら》う。

結婚するとはいえ、相手は心愛だ。恩を返したい人でもあり、かわいい妹分でもある。

大事な大事な、俺の心愛。真綿で包むように優しく、どんな危害からも守ってあげたい。そう思っている。

だからこそ、この結婚は意味がある。するべきなのだ。

籍を入れるとはいえ、これは見せかけの結婚だ。

ごく当たり前の夫婦がするような行為をする必要はない。

熱《ほとぼり》が冷めた暁には、離婚をして心愛を解放する。彼女の幸せだけを考えてした、言わば契約結婚だ。

心愛の夫という立場を手に入れ、彼女を守る。

そういう結婚なら、愛ある家庭に生まれなかった俺にでもできるはず。

「俺に普通の結婚はできないからな……」

あんな両親を見て育ってしまったため、普通の家庭というものがわからない。

そんな男が、一人の女性の人生を背負っていけるはずがない。

そう思っていたからこそ、俺は一生独身でいようと誓っていた。

恋い焦がれてどうしても一緒にいたいと思う女性が現れなかったというのも理由のひとつでもあるけれど。

心愛には言わなかったが、こちらとしても既婚者になるのは好都合だった。

最近、上司から縁談を持ちかけられていて、辟易《へきえき》としていたからだ。

さすがに心愛と籍を入れたとなれば、縁談を諦めてくれるだろう。

そんな打算めいた思いも頭の片隅にあったのは否めない。

まぁ、心愛には内緒にしておくつもりでいるが……。

「それにしても、まさかこんな形で心愛と再会するなんてな」

彼女が俺との別れの日にプレゼントしてくれたピンクのクマのぬいぐるみがついた

キーホルダーを思い出して、頬を緩ませる。

もうすぐ高校生という男子だった、当時の自分。

あのかわいすぎるキーホルダーをもらったはいいが、どうしようかと悩んだものだ。

しかし、心愛の優しさが詰まったキーホルダーだからと、肌身はなさず持ち歩いていた。

それは今も継続中で、上司にキーホルダーを見られたときには「無骨なお前には似合わないな」と笑われたことがある。

確かに似合わないだろう。だけれど、俺は何度もこのキーホルダーに助けてもらってきた。

一人で寂しいとき、悔しいとき、悲しいとき。あのクマは傷ついた俺の心を包み込んでくれた。大事な大事なキーホルダーだ。

いつか心愛と再会したときは、今度は俺が心愛の力になる番だとずっと思っていた。

それが今、果たされようとしている。俺は全力で心愛を守るつもりだ。

結婚は一生しない。そんな宣言を覆《くつがえ》したわけだが、これぐらいのことで心愛の無事が確約されるのなら自分の決意なんてどうでもいい。

海道ではなく、いずれ彼女を愛する男が現れたとき。兄の気持ちで送り出してやればいい。

そのときは、〝花嫁の父〟ならぬ〝花嫁の兄〟として寂しく思うのだろうか。

「いや、思わないな」

小さく呟きながら苦く笑う。

ホッとした安堵の気持ちと、喜びに包まれるはずだ。

心愛には、何があっても幸せになって欲しい。

あの頃の俺を優しさで包んでくれた、唯一の人なのだから。

そんな幸せな日が早く来て欲しいと思いながらも、どこか心の奥では一生来ないでくれという天邪鬼《あまのじゃく》な気持ちがせめぎ合っていた。

かわいい妹分を見知らぬ男に手折《たお》られる。それを想像して、顔を歪める。

——やっぱり、ダメだ。心愛は、そんじょそこらの男にはやれない！

なんだか腹立たしくなって、持っていた缶をギュッと握る。

缶が潰れたのを見て、苦く笑った。

やはり俺は〝花嫁の兄〟になりそうだと肩を竦める。

視線をマンションの下の道路に向けると、そこに見知らぬ車が停まっているのを発見して眉間に皺を寄せた。

誰の車なのか、予想がついたからだ。

車の中にいるであろう人物を睨みつけるつもりで車に視線を落としていると、背後から声がかけられる。

「寒くないですか？　誠司くん」

「心愛」

振り返ると、そこには窓越しに立ってほほ笑んでいる心愛がいた。

「お風呂、お先にいただきました」

俺が貸したスウェットを着ているが、ブカブカだ。

そんな姿を見ると、心愛が幼かった頃を思い出す。

くすぐったい気持ちになっていると、心愛がベランダに出てきた。

置いてあったサンダルに足を入れている。

「おい、こっちは寒いぞ？」

「本当だ。寒いですね！」

「何をのんきなことを。ほら、これを着ていろ」

ダウンジャケットを脱いで、心愛に着させようとする。だが、それを彼女が断ってきた。

「大丈夫、お風呂で暖まってきたから」

「だからこそ湯冷めする。お前はよく寝冷えしていただろう？　風邪を引くから着ておけ」

「もう！　いつの話をしているんですか？　誠司くん」

確かにいつの話だと肩を竦めた。きっと俺の中での心愛の立ち位置は、まだまだ小さい子どものままなのだろう。

無理矢理彼女にダウンジャケットを着させると、心愛は少し恥ずかしそうにはにかんで笑った。

その笑顔も思い出のままで、なんだかホッとする。

「今日は満月ですね」

心愛の声が弾んでいる。それを聞いて安堵した。

彼女は今日、色々なことがありすぎたから。

気落ちしているかと思って心配していたが、今は少しだけでも気が紛れているのならばそれでいい。

心愛の横顔を見つめたあと、再び眼下に視線を向ける。

あの車の中には、おそらく海道がいるはずだ。

昔の伝を使って、心愛の居場所を洗い出したに違いない。

そんな男だからこそ、やはり危険を感じる。心愛を渡すわけにはいかない。

——海道。想像力を膨らませろよ？

俺は、ジッと海道が乗っているであろう車を見下ろす。

風呂上がりの心愛。そして、男物のスウェットを着ている彼女を見てあの男はどう思うだろうか。

「お前が狙っていた女は、明日には人妻だ」

ボソリと小さく呟く。その声は、底冷えしそうな強く吹き荒れる風の轟音《ごうおん》によって掻き消された。

「え？　誠司くん？　何か言いましたか？」

心愛の耳には届かなかったらしい。よかった。

澄んだ目をして俺を見上げる彼女に、首をフルフルと緩く横に振って見せる。

「なんでもない」

「誠司くん？」

不思議そうに首を傾げる心愛を見て、心底ため息をつきたくなった。

全く、昔から本当に無防備な子だ。

年齢からすれば、大人だと言っていいはず。だけれど、やはり俺の中での心愛はまだまだお子様だ。

そんなことを言えば、心愛は頬を膨らませて怒るのだろうか。

心愛の背中に手を置き、リビングへと促す。

「ほら、ここにいたら風邪を引く。中に入るぞ」

海道に見せつけるように、俺はわざと心愛に身体を密着させて部屋の中へと入った。

6

「誠司くんって……いわゆるスパダリですよね」

「はぁ？」

意味がわからないとばかりに、彼はキリリと凜々しい眉を顰めた。

何を言っているんだ、コイツは。言葉にしなくても、誠司くんの目がそう語っている。

そういうところも、昔から変わらない。

早朝六時。彼はすでに身体も頭もシャキンとしている。眠気のかけらさえも見当たらない。

夜遅くまで仕事をし、マンションにはほとんど眠るだけに帰ってきているという状況なのに、朝早めに起きて身支度をし始めるのだから感心してしまう。

寝癖のひとつ、あくびのひとつでもあればかわいげがあるのに、全くそういった素振りは見せない。

品行方正、堅実。そんな言葉が誠司くんにはピッタリだ。

彼は着替えを済ませていて、ワイシャツとスラックス姿だ。

ネクタイもすでに締めていて、料理の邪魔になるからとワイシャツの胸ポケットにネクタイの端を入れ込んでいる。

背が高く、ガタいもいい。無表情にしていると、怖さを感じるほど。

だけれど、黒色のエプロンをしてキッチンに立つ姿は、まさにスパダリ男子だ。

だし巻き卵を作っている最中なのだろう。

火加減に慎重になっている誠司くんは、私に背を向けたまま言ってくる。

「ほら、心愛。顔を洗ってこい。すぐに朝飯にするから」

「はい」

会話だけ聞けば、新婚熱々カップルのように見えるかもしれない。だが、実情はそれとはほど遠い。

返事はしたけれど、まだ頭が眠っている私の足取りは危うい。

フラフラしすぎていて、先程なんてゴミ箱に躓《つまず》いてしまった。

昔から朝が弱い。それこそ、子どもの頃からちっとも変わっていない。

この状況では役に立ちそうにもないが、少しでも誠司くんのお手伝いがしたい。

だし巻き卵ができあがったのだろう。彼は卵焼き器からお皿にポンと載せたあと、ダイニングのテーブルに置いた。

そんな彼に「お手伝いします」と言ったのだけど、首を横に振られてしまう。

「今はいい」

「でも……」

「心愛は、朝飯以外の家事を全部やってくれているだろう？　これぐらいは俺がやるから」

そう言うと、誠司くんは私の背中を押してリビングへ。そして、私をソファーに座らせた。

誠司くんは、私が朝に弱いことを知っている。だからこそ、こんなふうに優しくしてくれるのだ。

再び瞼が落ちそうになっていると、ソファーが揺れる。

誠司くんが、腰を下ろしたからだ。

目をこすっていると、誠司くんはゆっくりと頭を撫でてきた。

優しい手つきに、思わずその手にすり寄りたくなる。

だが、そんな時間はすぐさま終わってしまった。

私の頭にポンポンと触れたあと、彼は再び腰を上げる。

名残惜しくて見上げていると、彼は私を見て苦く笑う。

「心愛が朝弱いのは知っていたが、ここまでとはな」

「ごめんなさい……」

本当に申し訳なく思いながらも、あくびが出てしまう。

ふわわぁ、と右手を挙げて身体を伸ばしていると、誠司くんは噴き出した。

「なんか気まぐれな猫みたいだな」

「っ！」

そう言う彼は、なんだか直視できないほど大人の魅力に溢れている。

心臓に悪いほど素敵だと思った。

ソッと視線をそらすと、ばつが悪い思いを私がしているのだと勘違いしたのだろう。

チラリと彼にもう一度視線を向けると、彼は目を細めて柔らかくほほ笑んでくる。

「ほら、頑張って起きろ。危なっかしいから」

「はい」

どうやら先程ゴミ箱に躓いたのを見られていたようだ。

肩を竦めていると、彼の大きな手は私の頭に触れてきた。

「もう少しで用意できるから、目が覚めてきたら顔を洗いに行けよ？」

くしゃくしゃと私の髪を撫でたあと、誠司くんは再びキッチンへと向かっていった。

その広い背中を見て、ドキドキしてしまう。

幼い頃の私は、誠司くんのことを、〝年上のかっこいいお兄ちゃん〟だと思って懐いていた。

あの頃はどちらかというと、彼に対して尊敬に近い感情を抱いていたと思う。

だけど、今はなんだかその感情とは少しだけ違うものに変化していると気がつき始めていた。

──だって、誠司くん。大人のフェロモンダダ漏れなんだもの。

大人っぽいコロンの香り、包容力がある大きな手、男性の魅力たっぷりな低い声。

どれをとっても〝かっこいい！　素敵！〟の言葉しか出てこない。

私の記憶の中にあるのは、中学生だった誠司くんの面影だ。

その頃に比べたら、今の彼はすっかり大人の男性になっている。

当たり前だ。どれだけ月日が流れたと思っているのか。

自分自身に、突っ込みを入れたくなってくる。

あまりの違いに、私が戸惑うのも仕方がない。

だって、彼は確実に素敵な大人になっていたのだから。

憧れのお兄ちゃんから、魅惑的な大人の男性へ。

私の記憶の中の誠司くんから今の誠司くんへのバージョンアップが未だにできていない。

毎日、こんな調子では困ってしまう。

私一人だけ挙動不審になっているなんて、なんだか悔しい。

――誠司くん、私のことはなんとも思わないのかなぁ。思うわけないよね……。

私だって、今は小学生の女の子ではない。大人の女性に成長している。

身長だって伸びたし、身体つきだって女性らしい丸みが出ていると思う。

彼の目から見てもそれは明らかなはず。でも、誠司くんの心は平常心に満ちている。

それを感じるたびに、悔しくなってしまうのだ。

誠司くんと再会し、彼のマンションで共に暮らすようになってから早ひと月が経過。

職を失ってしまった私は、新年早々就職活動に勤《いそ》しんだ。

だけど、なかなか見つからず、一時しのぎにと派遣会社に登録することに。

一週間前から、私は新しい職場で働き始めている。

朝食の準備に忙しない誠司くんの背中を見つめながら、それでもなんとか目覚めようとソファーから立ち上がる。

朝が弱い私だが、最初こそ朝ご飯を作ろうと努力していた。

目覚まし時計をいくつも用意して朝早めに起きようとしたのだけど、なかなか起きられず……。

それを見た誠司くんは、朝ご飯を担当してくれるようになった。

仕事が忙しく夜遅くまで帰ってこられないのに、申し訳なさが募っていく。

そんな気持ちを彼に伝えると「俺は朝飯だけ。他は心愛がやってくれているだろう？　助かっているんだぞ。ありがとうな」

そう言ってくれて、申し訳なさが少しだけ薄れた。

だけど、やはりもう少し早起きを心がけたいなと、かなりの難問に取り組んでいる真っ最中でもある。

しかし、残念ながら長年培った（？）この朝の弱さを克服するのは容易ではないのだけれど。頑張らなくちゃ！

覚束ない足取りで洗面所へ行き、蛇口を捻って水を出した。

一月下旬の一年で最も寒い時期だ。水がとっても冷たい。

顔を洗いながら、この怒濤《どとう》のひと月を思い出す。

私を守るために、誠司くんは私との結婚を決めた。

もちろん最初は「何をバカなことを」と思ったし、尻込みして戸惑った。

自分が昔懐いていた人だとはいえ、さすがに再会してすぐ一緒に住み、ついでに籍を入れようなんて言われれば、どんなに肝が据わった人だってパニックに陥るだろう。

だけど、誠司くんがそんな突拍子もないことを言い出した理由がわかり、私は承諾した。

詳しくは聞いていないが——というか、聞けないが——彼が追っている事件に海道さんが巻き込まれそうになっているというのだ。

職をなくして途方にくれていた私に、『結婚しませんか』と海道さんは言っていた。

あのときは私を元気づけるための冗談だと片付けたが、あれが彼の本心だったとしたら……？

誠司くんの不安を「心配しすぎですよ」と言えなくなってしまったのだ。

誠司くんは正義の味方、警察官だ。

そんな人から「危ないから、最善の方法を取った方がいい」なんて言われれば、「はい、そうですね」と頷いてしまうだろう。

頼りになる存在であり、信頼しているお兄ちゃんでもある。

彼の言うことに間違いはないと昔から思っているからこそ、踏み切れた結婚だった。

誠司くんと籍を入れると決めた、翌日の夜。

仕事が終わってマンションに戻ってきた彼の手には婚姻届があった。

既婚者である同僚二人に保証人の欄を書いてもらったようで、あとは私たちが必要事項を記入するのみというなんとも準備万端な状況になっていたのだ。

すぐさま婚姻届に記入すると、二人揃って区役所の夜間受付に提出をした。

なんだかあっけないほど簡単に手続きが済み、本当に誠司くんの妻となってしまった。

こんなことになるなんて夢にも思っていなかったのに、あれよあれよと人妻になってしまったことには今でもビックリしている。

でも、籍を入れたあとに思わず顔がニヤついてしまった。

戸籍謄本を見て、嬉しくなってしまったからだ。

身内が全員亡くなってしまった戸籍は、寂しいものだった。

だけど、私の夫として誠司くんの名前が加わった。

それを見て、ほんわかと幸せな気持ちになったものだ。

仮の結婚なのにねと思わなくもないが、それでも偽りとはいえ家族ができた。

それも相手は昔から慕っていたお兄ちゃんである、誠司くんだ。

運命の不思議さに戸惑うけれど、決して嫌じゃない。

婚姻届を提出する前、誠司くんに「家族に声をかけなくてもいいんですか？」と一応確認を入れたが、寂しそうな顔をして首を横に振っていた。

彼の両親とは疎遠になったと聞いてはいたが、念のため確認しておいた方がいいと思って聞いたのだが……。

言わなければよかったな、と後悔している。

あんなに悲しそうな寂しそうな顔、させたくはなかった。

そんな後悔をしていた私だったけれど、「久しぶりに人と一緒に暮らしているな」そう言って顔を綻ばせている彼を見てホッとした。

私は、彼に迷惑をかけている存在だ。

マンションに住まわせてもらうことも、籍を入れて私を事件から遠ざけてくれようとしていることも。

それなのに、彼は私と一緒にいて楽しそうにしてくれている。それが何より嬉しかった。

彼のために何もできないと嘆いていたけれど、少しでも私の存在が役に立っている。

それが実感できた瞬間だった。

顔を洗ったあと、洗い立てのタオルで拭いて顔を上げた。

鏡に映っている自分の顔は、どこか生き生きしているように見える。

おばあちゃんが亡くなって、ひとりぼっちになってしまったとずっと気持ちが塞ぎ込んでいた。

体調的には万全だ。だけど、やはり気鬱な感じが抜け切れていなかった。

だが、今の自分はとても血色がいい。それは、誠司くんがそばにいてくれるからだ。

自分を見てくれる人がいる。それが、どれほど幸せなことなのか。

私はこのひと月で実感していた。

洗面所を出てダイニングに行くと、すでに朝食は誠司くんの手によって用意されていた。

誠司くんは新聞を広げて読みながら、私を待っていてくれたようだ。

これが、ここひと月の間に繰り広げられている朝の風景だ。

見慣れた光景になりつつあることが、やはり嬉しい。

純和風な朝ご飯。できたてホヤホヤの料理の数々を見て、感嘆の声が上がってしまう。

「美味しそう……」

思わず出た言葉を聞いた誠司くんは、まんざらでもない様子でほほ笑みながら新聞を畳む。

「早く座れよ。食べるぞ」

「はい！」

心躍らせながら椅子に腰を下ろすと、誠司くんは頬を綻ばせる。

「今日は、心愛の好きななめこ汁にした」

「え！」

私の大好物だ。それを誠司くんは覚えてくれていたのだろう。

手を合わせながら目を輝かせた。

そんな私を見て、彼はクスッと小さく笑う。

しかし、次第に笑いが抑えきれなくなったのか。肩を震わせながら笑い出した。

「そういえば……。心愛、なめこを箸で掴むのが下手くそだったよな。ツルツルしているからって、全然箸で掴めなくて。ククッ」

「……」

「大好きだから早く食べたいのに、食べられない。最後には泣き出して、スプーンを持ち出してさ」

「誠司くん！」

幼い頃の知り合いというのは、気心が知れていてありがたい。

だけど、それは度を超すと厄介である。それを、彼と再会してから実感しているところだ。

こうして昔の失敗談を持ち出しては、人をからかうのだから。

むぅ、と頬を膨らませていると、誠司くんは「ごめん、ごめん」とどう聞いても反省していない様子で笑いを必死に止めようとしている。

ますますむくれた私は、「いただきますっ！」と彼より先に食べ始めることにした。

なめこ汁を飲んでいると、ふいに視線が気になる。

チラリと前を見ると、頬杖をついて私を見つめている誠司くんと視線が合う。

「どうだ？　うまいか？」

「はい、美味しいです」

正直に頷くと、彼は嬉しそうに目尻に皺を寄せた。

再会したときには悪人も恐れをなすほどの怖い雰囲気だったのに、今ではたくさんの笑顔を見せてくれるようになった。

誠司くんが、心穏やかにしている。それは、もしかしたら私の存在があるからかもしれない。

そんなふうに、調子に乗ってしまいそうになる。

仮面夫婦とはいえ、元々の知り合いだから生活は順調だ。

考えてみれば、十数年会わずに、お互い大人になった。

面影は残っているとはいえ、人は成長する。性格だって少なからず変わっていくものだろう。

最初こそ心配していたが、誠司くんは昔のままだった。

もちろん長い年月において変わってしまったところなどもあるけれど、さほど問題にはならないことが多い。

誠司くんは相変わらず私のことを過度に心配してお兄さん風を吹かせているけれど、そこには寄り添うような優しさを感じる。

あの頃のお兄ちゃんだ、と思うことばかりだ。

だけど、時折そう思えないこともある。それは生活習慣だとか、性格だとか。そういう次元のものではない。

誠司くんが、魅力的すぎるという問題だ。

彼を見ていてドキッと胸が高鳴るなんてこと、小さい頃の私にはなかった。

だからこそ、この胸の高鳴りにどう対処したらいいのか。困ってしまう場面が多々あるのだ。

大人になったからこその感想なのだとは思うけれど、なかなかに厄介だ。

誠司くんは、男らしさに磨きがかかっている。それは間違いない。

彼の少年期と青年期の狭間を見ていた私だからこそ、断言できる。

目の前に座っている誠司くんに、こっそり視線を向けた。

背筋を伸ばしすぎるぐらいピンとして、綺麗な姿勢でご飯を食べている。

ただ、それだけだ。お行儀がいいな、で終わる話である。だけど——。

——なんで、そんなにフェロモンダダ漏れなんですか？　誠司くん！

思わず声に出して注意したいほどだ。

でも、私がそんなふうに言ったとしても、彼は「はぁ？」と意味がわからないといった様子で首を傾げるだけだろう。

わかっているからこそ、歯痒くなってしまうのだ。

警察官として辣腕《らつわん》を振るっているであろう、誠司くん。今の職業は、彼にお似合いだ。

ともすれば近寄りがたい雰囲気を持つ人ではあるけれど、目の肥えている女性からしたら彼はとても魅力的に映るはずだ。

日頃硬派な男性が、ふとしたときに見せる優しさにグラッと来てしまう女性は絶対にいる。必ずいるはず！

何も言わず、口を動かさず。彼を見ていたのがバレてしまったのだろう。

誠司くんの眉間に皺が寄った。

「心愛」

「うっ、あ、はい！」

挙動不審になってしまった私に、彼は鋭い視線を向けてくる。思わず背筋が伸びた。

「会社に遅刻するぞ？　勤め始めたばかりなのにマズイだろう？」

「はい」

彼の言う通りだ。慌ててお味噌汁を飲む。やっぱり、なめこは美味しい。

ほくほくと頬が自然に綻んでしまう。そんな私を見ていたのか、彼は小さく笑った。

「食事は大切だ。きちんと取るんだぞ？」

「えっと、はい……」

あまり食に対して執着していないので、仕事が忙しかったときなどは「まぁいいか」と昼食を抜いてしまう。

歯切れの悪い返事が気に障《さわ》ったのか。彼は、再び厳しい表情で私を見つめてくる。

「心愛」

言うことを聞きそうもないとき。彼は、こんなふうに険しい顔で名前を呼ぶ。

それは、昔も今も同じだ。私は、ばつが悪くなって身体を縮めた。

「わかりました」

素直に返事をすると、誠司くんはようやくいつもの表情へと戻る。

「よろしい。じゃあ、俺は先に出るからな。戸締まりよろしく」

そう言うと、彼は席を立った。それを見て、慌てて掛け時計に視線を送る。

いつも誠司くんが出掛ける時間より少し早い。

「誠司くん、今日は早いですよね？」

私の疑問を聞きながら、彼はソファーの背にかけてあったスーツのジャケットを手に取り袖を通した。

「ああ。今日は、忙しくなりそうだから」

「大変ですね……」

本当に忙しそうな彼を、このひと月の間見てきた。

だからこそ、心配になる。

私が不安そうな目をしていたのがわかったのか。

彼は私のところまでやってきて、きちんと食べているかを確認したあと、ポンポンと私の頭に優しく触れてくる。

「これぐらい序の口だぞ？」

「え？」

「家に帰れるだけマシだな。捜査が長引くと、もっと大変になる」

「うそ……」

国民の安全を守るためとは言え、大変なお仕事だ。

気をつけてくださいね、と労《ねぎら》うと、彼の目が優しく細まった。

「サンキュ。じゃあ、行ってくるな」

「はい、行ってらっしゃい」

手を振って彼を見送ったのだが、ピタリと彼の足がドアの前で止まる。

どうしたのかと不思議に思っていると、彼は振り返った。

「何度も言っていると思うが――」

彼のお小言が始まる。そう思った私は、すでに空で言える注意事項を唱《とな》えた。

「人気がないところを歩くな。遅くなりすぎたときはタクシーを使え。不審者に声をかけられたら大声で叫ぶ。もしくは、全速力で逃げること」

毎日聞いていれば、さすがに全文暗記できてしまう。

スラスラと言った私を見て呆気に取られていた誠司くんだったけれど、「わかっているならよろしい」とだけ言うとリビングを出ていった。

少しして、玄関の扉が閉まる音が聞こえる。今日も誠司くんは通常運転、元気に出勤だ。

彼がいなくなってしまった広いマンションで、一人きりの食事は味気ない。

でも、彼が作ってくれた朝ご飯の美味しさは格別だ。残すなんてあり得ない。

すべて平らげ、洗い物と身支度を済ませて私も出勤だ。

玄関の施錠をしたあと、階段を下りていく。

「それにしても、誠司くんのお仕事は大変そう」

結婚してから彼の経歴と勤め先、そして所属先は聞いたのだけれど、それだけ。

詳しいことは何ひとつ教えてもらえなかったので、ネットで調べた。

経歴を聞いてわかったのは、誠司くんはキャリア組、所謂エリート警察官らしいということだ。

それも捜査二課という知能犯を追う課の課長で警視正だという。

誠司くんが勤めている県警は大都市にあり、ここの捜査二課の課長を経た人たちは出世街道を突き進んでいくのがセオリーらしいのだ。

後々は、警視庁や警察庁の幹部になっていくのだろうか。

そんなすごい人のお嫁さんになってしまった。仮とはいえ、恐れ多く感じる。

知らなかったとはいえ――さすがに結婚相手の仕事について聞いてから籍を入れなさいよと自分でも突っ込んだが――誠司くんは私なんかと結婚して本当によかったのか。

今更ながらに心配になる。

これだけの経歴と、出世コースまっしぐらな誠司くんのことだ。

見た目だって男らしくて素敵なのだから、女性にモテているだろう。

上司から、縁談とかも持ちかけられていたかもしれない。

「私、誠司くんと結婚してよかったのかなぁ……心配になってきちゃった」

彼は私を守るため、そして私を不憫《ふびん》に思ったため、同情で結婚してくれただけだ。

元々結婚する気はなかったと言っていたが、もしかしたら今後彼に良縁が舞い込んでくる可能性だってなきにしもあらず。

そうなったとき、私のことを考えすぎてその良縁を手放してしまわないか。それだけが心配だ。

だって、この結婚はどう考えても私にだけしかメリットがない。

極めつけが、「熱《ほとぼり》が冷めたら離婚ＯＫ」なんて。本当にこんな形でいいのだろうか。

籍を入れてから一度だけ誠司くんに「本当に結婚してよかったんですか？」と聞いたことがある。

だが、「いいに決まっている。何か不服でも？」などと言われてしまった。

一刀両断。そんなふうに潔く断言されてしまったら、そのあとは何も言葉が続かない。

この話は終わり、とスッパリと話を切られてしまったため、再度聞くには勇気がいる。

ふぅとこっそりと息を吐き出しながら、エントランスを抜ける。

ゆっくりと自動ドアが開く。私は気持ちを切り替えるように、勢いよく一歩を踏み出した。

7

「うぅ、寒いなぁ」

仕事を終えたあと、地下鉄に揺られて誠司くんのマンションの最寄り駅まで辿りついた。

階段を上《のぼ》って地上に出た途端、冷たい北風が吹きつけてくる。

慌てて首に巻いていたマフラーを引き上げて、口元を覆ったが身体の芯まで凍《こご》えるような寒さだ。

二月下旬。暦《こよみ》の上では春を迎えたことになっていたとしても、まだまだ寒い日が続いている。

誠司くんと勢いで結婚してから、早二ヶ月が経過しようとしていた。

年明けから派遣社員として勤め始めた会社だが、順調そのものだ。

もうすぐ迎える年度切り替えのタイミングで正社員登用試験を受けてみないか、と上司に話をもらっている。

なんでも長く勤めていた事務員が定年で退職するらしく、人を増やしたいらしい。

そこで、その人の仕事を手伝っていた私に白羽の矢が立ったというわけだ。

とてもラッキーだと思うし、せっかくいただいたチャンス。頑張ってモノにしたい。

現在、私は登用試験に向けて猛勉強中で、生活は充実していた。

もちろん、誠司くんとの結婚――と言ってもいいのか甚《はなは》だ疑問だけれど――も順調で、仲良く暮らしていけていると思う。

特に喧嘩することもなく、本当に穏やかな日々を過ごせている。

兄と妹のような関係は今も継続中だが、それが心地いい。

きっと誠司くんも、同じように考えてくれているはずだ。

でも、相変わらず誠司くんは仕事が忙しそうで、彼の身体が心配になってしまう。

疲れてた様子の彼を見るたびに、警察官の皆様に感謝と敬意を払っている。

今日も誠司くんは、遅い時間に帰ってくるのだろう。

彼のために、お腹と身体に優しい夕ご飯を作っておくのが私の役目だ。

簡単に温めて食べられるもので、もし食べられなかったとしても翌日残しておける物。そんなメニューを毎日作っている。

帰ってきてから温かく軽い食事ができることに、誠司くんは喜んでくれている様子。

人と一緒に住むのは何年ぶりだろう、と彼は再会当初どこか嬉しそうに言っていた。

彼に、人と一緒に住むこと、そして家族がいることは心が温かくなるんだということを伝えたい。

彼の家族は壊れてしまったけれど、今は仮とはいえ私と家族になったのだ。

家族というものは、結構いいものだな。そんなふうに誠司くんには思い直してもらいたいなと願っている。

――さて、今日は何にしようかな。お鍋なんていいかも！

一人鍋にしておけば、ちょうどいい量を温めて食べられるだろう。

一人で鍋をつくのはちょっぴり寂しいけれど、野菜のビタミン類、肉などのタンパク質を入れるので栄養満点だ。お腹にも優しい。

今日は鍋にしよう、と献立を決めた私はマンションに帰る途中にあるスーパーに足を向けた。

夕飯の買い物をしたあと、再び寒空の下に出る。

吹きつけてくる風は、ますます強さを増しているように感じられた。

スーパーの袋を持ちながら、知らず知らずのうちに辺りを見回してしまう。

海道さんの姿がないか、どうか。確認するのも癖になりつつある。

昨年末に会ってから、海道さんは私の目の前には現れていない。

そのことに、ホッとしている。

誠司くんは『あの男の耳にも、俺たちが結婚した情報は入っているはずだ。潔《いさぎよ》さはある男だ。もう、心愛の前には未練がましく現れないだろう』と言っていたが、予想通りだった。

だけれど、時折思うことがある。

海道さんは、私にとって恩人だった人だ。

恩人であっても、もう会わないつもりでいるが、もう一度きちんとお礼と、別れの挨拶ぐらいはしたかった。

でも、誠司くんに言ったら「さっさとあの男のことは忘れろ」と言うだろう。

そのときの彼の表情が想像できて、思わず肩を竦めた。

マンションに戻ってきた私は夕飯を作って食べて風呂に入り、リビングでテレビをつけながら、寝るまでの時間を過ごしていた。

時計を見ると、十時過ぎ。今日も誠司くんの帰りは遅いのだろうか。

グルリと部屋を見回す。この広いマンションにポツンと一人きりだ。

空調はきいていて部屋の中は暖かいのに、寒々と感じてしまうのはどうしてだろうか。

私の就寝時間は、いつも十一時を過ぎてから。

それよりもう少しだけ起きていて、日付が変わる前に彼が帰ってくることに賭けようか。

「誠司くんに、申し訳ないなぁ……」

気落ちした声が、静かなリビングに落ちていく。

再び静寂が戻り、長く息を吐き出した。

仮の夫婦とは言え、誠司くんに頼り切っている。

その現実を振り返り、やはりこの結婚は私にだけメリットがあるのだと落胆した。

私の希望としては、誠司くんにもこの結婚で何かしらのよさを感じ取ってもらいたい。

だけれど、それは難しいのだろうか。

彼のために何もできない自分が、情けなく思えてくる。

少しでも彼の役に立ちたい。そんな思いから、朝食以外の家事全般を頑張ってはいるけれど……。

これだけでは足りないと歯痒く思う日々だ。

ソファーの上で、膝を抱えて丸まる。再びため息が零れそうになっていると、ガチャンと玄関の扉が開く音がした。誠司くんが、帰ってきたのだろうか。

慌てて立ち上がると、寒々とした外気を纏う誠司くんがリビングに入ってきた。

「おかえりなさい、誠司くん」

「ただいま、心愛。まだ寝ていなかったのか？」

誠司くんはコートを脱ぎながら、驚いた様子でこちらを見つめてくる。

そんな彼に、私は苦笑いを浮かべた。

「誠司くん。まだ十時半を少し過ぎただけですよ？」

「まぁ、そうだな」

どうやら誠司くんからしたら、今でも私は小学一年生の心愛のままなのだろう。

少しは大人になったはずなのにな、とガックリと肩を落としていると、さすがに申し訳ないと思ったようで謝ってきた。

「どうも、俺の中では心愛はまだ小さな子どもだからな」

「……誠司くんだって、あの頃は中学生だったのに」

彼だって、十分子どもだったはずだ。

お互いさまなのに、私にだけ未だに幼い子ども扱いするのはどうかと思う。

ハハハと笑ってごまかした誠司くんは「着替えてくるな」とだけ言うと、自室へと入っていった。

そんな彼を見て不服を覚えつつ、キッチンへと向かって冷蔵庫を開いた。

一人鍋の準備は整っている。あとは、火にかけるだけだ。

小さな鍋をコンロにかけ、ぐつぐつと煮え立ち始めたとき、着替えを終えた誠司くんがダイニングにやってきた。

「鍋か。うまそうだな」

「外、寒かったですよね？　温かいメニューがいいかと思って」

「助かる。サンキュ、心愛」

彼の横顔からは、少し疲れが見えた。ここ最近の激務を考えれば、それも仕方がないのかもしれない。

明日は休みだと聞いているので、今夜は早く寝てのんびりしてもらおう。

テーブルに置いてあった鍋つかみを持とうとすると、それを彼は制止してくる。

「いい。俺がやるから」

「え？　いいですよ。座っていてください」

誠司くんの手から鍋つかみを奪おうとしたのだが、彼はそれを無視してコンロへと向かっていく。

「心愛が火傷したらいけないからな」

そんな彼に肩を竦めたあと、ご飯を茶碗に盛りつける。そして、即席漬けをテーブルに置いた。

小鍋をテーブルに持ってきた誠司くんは、蓋を取る。

立ち上る湯気を見て、彼の頬が少しだけ緩んだ気がした。

よかった、嬉しそうだ。

家庭的なものを知らずに生きてきたであろう彼に、温かみがあってホッとできる空間を作ってあげたい。

常々思っている私にとって、こうしたちょっとした出来事でも嬉しくなる。

「誠司くん、座ってください。ほら、鍋つかみもらいますよ」

「ああ」

彼は腰を下ろしながら、手にしていた鍋つかみを私に差し出してくる。

それを受け取るとき、彼の手のひらを見て驚く。マメが、いっぱいだったからだ。

ご飯茶碗片手に鍋をつつき始めた誠司くんに問いかける。

「そういえば、誠司くんは剣道をしてましたよね？」

記憶の糸を手繰り寄せる。中学生だった彼は、部活動で剣道をしていたことを思い出した。

あの頃、よく庭で素振りの稽古をしていたはずだ。

我が家の縁側で、私は誠司くんの姿を見つめていた。そんな思い出がある。

熱々の豆腐を口に放り込んだ誠司くんは、ハフハフと熱そうにしたあとに頷いた。

「あれからも、ずっと続けていた」

「へぇ……」

「今も暇があれば、警察学校に顔を出して手合わせをしている。最近は行けてないけどな」

今もなお警察学校まで出向いて剣道をしているとなると、相当な腕前のはず。目を輝かせて彼を見つめる。

「もしかして、インターハイとか出ちゃったりしてます？」

すると、彼は箸を止めてニヤリと口角を上げた。

「インハイ優勝経験者だ」

なんだか得意げに言う誠司くんがかわいい。私よりかなり年上なのにな。

そんなふうに思っていたら、彼に怒られてしまうだろうか。

バレないようにしていたつもりだけれど、残念ながら私の表情から読み取ってしまったようだ。

彼の長い手がこちらに伸びてきて、コツンと優しく小突かれてしまった。

誠司くんの表情がとても柔らかくて、なんだかホッとする。

彼と一緒にいるのは楽しいし、嬉しいし……何より安心感が半端ない。

それは昔から感じていたけれど、こうして家族となった今は違う感情に囚われる瞬間がある。

彼が私に触れる瞬間だとか、肩と肩がふとしたおりに近づくときだとか。ドギマギしてしまうのだ。

こういう距離感は慣れているはずだった。

何しろ私と彼は、兄と妹のように一時は一緒に過ごしていたのだ。

だっこしてもらったり、膝の上に載せてもらうなんて日常茶飯事だった。

近しい間柄だったと言っても過言ではないだろう。

確かに私たちは大人になった。だけど、気持ちはあの頃のままだ。

私は誠司くんを頼りになるお兄ちゃんだと思っているし、誠司くんだって私を妹みたいなものだと思っているはず。

何も変わっていない。再会してすぐの頃は、そんなふうに思っていた。だけど……。

――なんか、さっき誠司くんが触れたところが妙に熱い気がする……。

彼のこぶしが、私の額に触れる。

時間にして一秒あるか、ないかというぐらい短い時間だ。

一瞬の出来事だから、彼の熱を感じる間もないほどだった。

しかし、今も彼が触れた額に熱を感じると同時に、なぜか胸がトクトクと忙《せわ》しなく動いてしまうのだ。

こんな状況に陥るのは、今回だけではない。日を追うごとに、回数が増えている気さえする。

胸の鼓動が落ち着かない。胸に手を当てて、ふぅと小さく息を吐き出す。

目の前には、熱々の鍋に舌鼓を打つ誠司くんがいる。

少々疲れている様子だけれど、いつも通りの彼だ。

それなのに、どうしてだろうか。キラキラ輝いて見えるのはなぜなんだろう。

何度も首を傾げて考えるけれど、これといった原因は思いつかない。

うーん、と思わず声に出してしまった。すると、誠司くんは箸を止めてこちらを見つめてくる。

「どうした？　心愛。何か悩みか？　俺に話してみろよ」

真摯な目で見つめてくる彼は、心の底から私を心配している。

それが伝わってきて、ますます胸の鼓動が収まらなくなってしまった。

なぜだか顔も熱くなり、赤くなっているのを彼に見つからないかと心配になる。

何に動揺しているのかもわからないけれど、それを誠司くんに悟られるわけにはいかない。

理由を聞かれても困ってしまうからだ。

ごまかすように首を横に振ったあと、話を変えたくて先程まで思い悩んでいたことを口にしてしまった。

「誠司くん、私と結婚なんてして本当によかったんですか？　誠司くんにメリットなんて全然ないし……」

「心愛」

「私、おんぶにだっこすぎて……。申し訳なくなってきちゃって」

一度この質問をしたときにきっぱりと大丈夫だと言われた手前、ずっと口に出せなかった。

だが、動揺していた私は思わず問いかけてしまう。

マズイと思ったのは、彼の眉間に皺が寄ったから。

まだ、そんなことを気にしていたのか、と呆れているのだろう。

身を固くして彼の返答を待っていると、誠司くんは持っていた箸を置いた。

「前にも話したと思うが、俺は結婚をするつもりはなかった。だから、相手もいないし予定もなかった」

「はい」

諭されるように言われ、私は背筋を伸ばす。

お行儀よく返事をする私をジッと見つめながら、誠司くんは続ける。

「心愛は、俺にメリットはないと言うが……実はある」

「え？」

まさかの返答に目を見開くと、彼は視線をスーッと少しだけ横にずらす。そして、ばつが悪そうに唇を歪める。

「上司に縁談を勧められることが、ここ最近多くてな。うんざりしていた」

「縁談……」

エリート警察官である誠司くんに、見合い話はたくさん来ているだろう。そんなふうに想像はしていた。

でも、こうして聞くとなんとなくだけれどモヤモヤするし、不安にも感じる。

——どうして不安になっちゃうのかな？

彼は女性にモテるだろうし、結婚相手にと求める人がいるであろうことは、誰にだって想像できる。

それなのに、現実を突きつけられてなんとも言えない気持ちになってしまった。

大好きなお兄ちゃんを取られてしまう。そんな寂しい気持ちに、なっているのかもしれない。

そう思いながらも釈然としない何かを抱えていると、誠司くんはため息をつく。

「でも、こうして心愛と入籍したことで、それらの煩《わずら》わしさからは解放された」

「誠司くん」

「だから、心愛は気に病む必要なんてない。それどころか、俺のためになっているんだと思ってくれて構わないぞ？」

そう言って再び箸を取り、鍋をつつき始めた。

そんな彼を見て、少しだけホッとする。そう、少しだけだ。

どうしてか、すっきりと心の中は晴れない。一体どうしてしまったのだろう。

彼が美味しそうにご飯を口に運ぶ姿を頬杖をついて見つめ、何を憂えているのか考える。

「そっか……」

「何か言ったか？　心愛」

食べる手を止めて聞いてくる誠司くんに首を横に振ったあと、「お茶、淹れますね」と言って立ち上がる。

キッチンへと行き、電気ポットの中に入っているお湯をお湯のみに入れた。

茶筒を手に持ち、私の胸の内にあった感情に思いを馳せる。

きっと誠司くんと暮らしている今がとても穏やかで幸せだから、この時間がなくなってしまうことを頭のどこかで恐れていたのだろう。

おばあちゃんが亡くなって、一人きりになってしまった。

こうして一緒に過ごせる相手ができてホッとしているというのもあるかもしれない。

この幸せは、誠司くんがくれているもの。そういう認識でいるからこそ、私はビクビクしていた。

誠司くんに無理をさせてしまっていたら、いずれ私と離婚したいと思われてしまうかもしれない。

それが怖かったから、Ｗｉｎ―Ｗｉｎな関係でいたいと望んでいたのだ。

だけど、この結婚は彼にとってもメリットがあったらしい。それが嬉しい。

仮の夫婦ではあるけれど、お互いメリットがあるのならば今後も続けていけるかもしれない。

少し冷めたお湯を急須の中に入れて、幸せな日々がずっと続けばいいのにと願いながら茶葉が開くのを待った。

＊＊＊

「で？　愛住。新婚生活は順調か？」

「……ええ」

書類に目を通しながら、片手間で返事をする。

すると、目の前にいる熊みたいな大柄な男、蓮見さんは面白くなさそうにため息をつく。

「本当、愛住は相変わらずかわいげがないヤツだなぁ」

「男がかわいくて、何かメリットがありますか？」

ツンケンとした態度で言うと、蓮見さんは再び大きなため息を吐き出した。

そんな彼に視線を一瞬だけ向けたあと、書類に視線を落とす。

蓮見警部は、俺より十歳年上。ノンキャリア組から暴力団対策課の課長にまで上りつめた、たたき上げの刑事だ。

暴力団対策課といえば名前の通りに暴力団関連の事件を取り扱う課なのだが、配属されている刑事は全員強面《こわもて》である。選りすぐりの強面ばかりだが、蓮見さんの右の出る者はいない。それぐらい威圧的な人物だ。

とはいえ、日頃はとてもお茶目なおっさんであり、愛すべきキャラクターでもある。

そんな彼が、こんなふうにちょっかいを出してくるのには理由がある。

俺が心愛と再会したきっかけだった事件の捜査に、暴力団関連の捜査に実績がある蓮見さんに協力を仰いでいたからだ。

現在捜査二課で追っている事件のひとつに、地面師詐欺がある。

地面師詐欺というのは、昔から横行している土地がらみの詐欺のひとつ。

不動産の本当の所有者になりすまし、自分の物ではない不動産を買わせて買い手から金を騙し取る。そんな詐欺行為を言う。

ここ数年、県内では地面師詐欺の被害に遭ってしまった企業や人たちがいるのだが、未だに主犯格を捕まえられずにいた。

複数の役割を多数の人間が担当するため、末端の犯人は捕まえることができても、なかなか主犯にまで捜査の手が届かないのが現状だ。

そんな歯痒い思いをしていたのだが、最近になって有力な情報を手に入れた。

県内にある湾岸付近の土地にリゾート開発の話が上がっているらしく、名だたる企業が「土地を買いたい」と名乗りを上げ始めていて水面下で土地獲得に動いているらしい。

それを好機だと考え、詐欺集団が土地を欲しがっている企業を狙っているというのだ。

その犯行グループは、県警でずっと追っていた詐欺集団のようだという情報を得た。

県警にまで、どうして情報が漏れたのか。

それは、この詐欺行為に極道の影がちらついているというのを暴力団対策課がキャッチしたからだ。

そこから導き出された主犯ではないかと目星をつけた男は、先代の時代に海道組にいた海道の父親とは兄弟杯を交わした男であり、保世津《ぼせつ》組を立ち上げた人物のようだ。

その男は、なんとしても海道を再び極道の世界に連れ戻したいと考えているらしい。

海道は今でも極道の界隈《かいわい》では名が知れている男であり、彼のネームバリューを得たいと思っている輩は多いそうだ。

今回の詐欺集団も、海道の名前を使ってうまく動きたいと思っているはずだ。

そこで、幾度となく舎弟が海道に接触しようと試みている現場を暴力団対策課が見つけている。

海道の名前が浮上したとき、あの男が熱心に口説いている女性がいるらしいというたれ込みを掴んできたのは蓮見さんだった。

海道も詐欺グループの一端を担っているかもしれない。そんな疑いがあったので、その女性を詐欺グループに引き込もうとしているのではないかと警戒した。

もしそうならば、早急にその女性を助け出さなければならない。

身元を調べているうちに、その女性が幼い頃に俺を慕ってくれていた心愛だと判明したときは呆然としてしまった。

なんとしても、心愛を助け出す。そんな使命感にすぐに駆られた。

基本、課長職となれば現場には出ることは少ない。現場への指示を出したりする役目であるからだ。

だが、それを押し切って海道の張り込みをすること、数回。

その数回で、二度も心愛と遭遇するなんて思いもしなかった。

最初こそ、心愛には自分が何者かを告げるつもりはなかった。

何も知らず、危険から回避できる方がいいと思ったからだ。

だからこそ、一回目に心愛を海道から引き離したあの夜、俺は名乗らずに忠告のみにしておいた。

これで心愛が海道と会うのをやめてくれたら、それでいい。そう思っていたからだ。

それに、ずっと心愛たちに会いに行かなかったことに関して引け目を感じていたというのも理由のひとつだ。

でも、心愛は再び海道と会っていた。こうなってしまった以上、もう後には引けないと正体を明かしたのだが……。

彼女を守るために、俺は大胆なこと――籍を入れるなんて暴挙に出てしまったのだ。

「で？　その後、心愛ちゃんの周りに海道は現れていないか？」

心愛の名前が出て、書類をめくる手を止める。

そして、ようやく蓮見さんの顔を見上げた。

「蓮見さん。妻の名前を勝手に呼ばないでください」

「おー、こわっ！」

ブルルと震えるような素振りを見せたが、全然怖がっていないことはわかる。

それに、そんな素振りをしてもこんな大柄な男ではかわいくなんて見えない。

俺がつれない態度ばかりしているのが、面白くなかったのだろう。

蓮見さんは、わざとらしくため息をつく。

ため息をつきたいのは、こちらの方だ。俺は、蓮見さんに冷たい視線を送った。

「妻の周りには、今のところ海道は現れていないようです」

昨日、それとなしに心愛に聞いてみたが、海道は昨年末以降心愛の前には現れていないようだ。

心愛は正直者だし、隠し事が苦手だ。もし嘘をついていれば、すぐにわかるはず。

でも、彼女に別段変わった様子は見受けられなかった。

蓮見さんは椅子を引っ張ってきて、そこに腰をかける。

「海道も特に動きはない。容疑者《コバエたち》が未だにうるさそうだが、海道《ヤツ》は完全に足を洗ったと言えるだろう。今のところ海道はシロだ」

「そうですか」

「だが、どうも犯行組織の奴らが気になるな」

「ええ。海道との接触を諦めたあと、どうするのか。何かしでかさないといいんですけどね」

脳裏に浮かんだのは、心愛の顔だ。

海道がなかなか靡《なび》かないことに痺れを切らした犯行グループが、あの男を動かすために心愛に魔の手を伸ばす。そんな事態に、ならなければいいのだが……。

警戒しなくてはと考えていると、口角を上げた蓮見さんを見て顔を顰める。

「海道としては身綺麗にしたからこそ、心愛ちゃんに接近したんだろうになぁ。可哀想になぁ。横から冷徹な男に、心愛ちゃんをかっ攫《さら》われるなんて思ってもいなかっただろうになぁ」

ニヤニヤと意味深に笑いながら、蓮見さんは俺を試すようなことを言ってくる。

彼の視線が突き刺さってきて、居たたまれなくなってきた。

彼からの視線を無視して、再び書類に視線を落とす。

「何が言いたいんですか？　蓮見さんは」

「ん？」

「文句があるんでしょう？　彼女を守るためだけに結婚したことを」

人に指摘されなくてもわかっている。心愛の身の安全のためにしたとはいえ、やりすぎだろう。

彼女の人生を、大きく変えてしまったかもしれない。その罪悪感は、いつまで経っても拭えない。

極道だった頃の海道は、恐ろしい男だったようだ。

それはこの県警で長年刑事をしていた蓮見さんはよく知っているだろう。

俺も今回の事件捜査のために海道という男を調べたが、なかなかの極道だった。

そんな男が、心愛に近づいている。生半可な抵抗では、心愛は海道の手中に落ちてしまっただろう。

それがわかっていて放っておくなんてできない。彼女の兄代わりとして、絶対に許されないことだ。

だからこそ、籍を入れて夫婦になった。そうすれば、海道は諦めるはず。そう思ったからだ。

案の定、心愛が結婚してからは目の前に現れなくなった。

心愛を守るためには、正しいことをしたと思っている。

だけど、彼女の人生を考えたら、本当にこれが最善だったと言えるのか。何度も自問自答している。

ふと、何も言い出さない蓮見さんが気になって顔を上げる。

すると、彼は穏やかな表情で首を横に振った。

「俺は別に愛佳を責めてなんていないぞ？」

「え？」

意外な答えに目を瞬かせると、彼は椅子から立ち上がる。

「ずっと妹的存在だと思っていた心愛ちゃんが、綺麗な大人の女性になっていた。一瞬で恋に落ちるのもアリだと思うしな」

「は……？」

彼の言っている意味が理解できず、間抜けな声を上げてしまう。

だが、そんな俺に蓮見さんはガハハと豪快に笑った。

「ホテルの張り込みのときさ。海道と心愛ちゃんが仲良くお茶飲んでいる姿を見て、お前の顔、面白いぐらいに嫉妬心丸出しだったぞ？」

「っ!?」

思わず声が大きくなってしまい、慌てて自分の口を手で押さえる。

そんな俺を見て、蓮見さんは今度は面白がることなく真剣な表情で言い切る。

「頭で理解できなくても、心が求める。そういうこともあるさ」

「……」

俺みたいにな、と一気に表情を変えて豪快に笑ったあと、「じゃあな」と手を振って捜査二課から出ていった。

あの大柄で熊のような風貌だが、彼は結構ロマンチストで有名だ。

何かと恋愛ごとに持っていこうとする彼の発言は真に受けない方がいい。くだらない。

今までの俺なら、そう反発していただろう。

だが、今の俺は彼の言葉が理解できた。

俺は昔から結婚に夢は持っていないし、そもそも女性との付き合いも面倒くさいと考えていた男だ。

まず一目惚れなんてもので恋に落ちるというのも理解できないし、そんなことあり得ない。

そんな考えを持っていた俺が、心愛と再会した瞬間に恋に落ちてしまっていたらしい。その感情に、最近になって気がついた。

最初こそ、自分を叱責した。

心愛を守るためだけに、この世にはもういない彼女のご両親、そしておばあちゃんから預かっているだけだ、と。

だけど、心愛との生活が居心地よすぎて、幸せすぎて。

ずっとこんな生活が続けばいいのに、と思い始めてしまったのだ。

両親とは幼い頃からうまくいっていなかったし、家庭は崩壊していた。

そんな俺には、家庭の温かさだとかは無縁だった。

唯一家庭の素晴らしさを味わったのは、心愛と彼女のおばあちゃんと三人で過ごしたあの日々だ。

その温かい日々が今、再び自分に訪れている。

そんなふうに思えるほど、心愛との生活は楽しくて幸せを感じていた。

もっと、この温かな日々を過ごしたい。そう思い始めている自分がいた。心愛を手放せない、と。

ふとしたとき、気がつけば彼女に触れようとしている自分がいる。

それを抑えるのに必死になっているなんて心愛が知ったら、彼女はどう思うだろうか。

彼女にしてみたら、俺はただ心愛を助けるためだけに一緒に暮らしている存在。そんなふうに思っているだろう。

だからこそ、彼女の信頼を裏切ってはいけない。

この生活は、いずれピリオドを迎える。いや、迎えなくてはいけないのだ。

心愛には、最愛の男と一緒になって欲しい。それが、彼女の幸せに繋がるはずだ。天涯孤独となってしまった心愛を、優しく包み込むような包容力溢れる男こそ彼女の隣に立つのにぴったりだ。

俺みたいな、家族の愛を知らない男がむやみに近づいてはいけない。

いずれ、離婚した後に、心愛を嫁に出す。そのときは、彼女の兄として笑顔で送ってあげなくてはいけない。そう思う一方、絶対に彼女の手を離したくはないという自分もいて、苦悩の日々が続いている。

心愛のことを、女として愛し始めている自分がいるのはわかっていた。だけど、絶対に一線は越えてはいけない。

心愛からしたら、俺はただの幼なじみのお兄ちゃん。それだけの存在なのだから。

——俺はただ、心愛を助けるためだけに結婚したんだから。

何度も自分に言い聞かせる。

今のこの生活は、心愛の人生の通過点に過ぎない。いつまでも続くものではないのだから、と。

8

『先日、気象庁では桜の開花宣言がされたばかりですが――』

現在、夜の十時。少し前に、おばあちゃんの家からようやく帰宅してきたばかりだ。

部屋に一人だけという状況がなんだか寂しくて、テレビをつけていた。

そこから流れてくるアナウンサーの声を聞いて、ふとテーブルを拭く手を止める。

ニュースでは、夜桜見物を楽しむ人々の様子が映し出されている。

誰もが楽しそうに笑い合い、儚いまでに咲き誇る桜を愛でていた。

画面越しからも、桜が美しいことは伝わってくる。

以前までの自分なら、「お花見行きたいなぁ」なんてテレビ中継を見て言っていただろう。

だけれど、二年前のあの暖かな日から、私は桜が嫌いになってしまった。

おばあちゃんの家に長年植えられていた桜が満開になった、あの日。おばあちゃんが、天に召されてしまったからだ。

桜を見るたびにおばあちゃんの最期を思い出してしまい、どうしても桜を愛でることができなくなっていた。

今日は、おばあちゃんの三回忌だ。

今朝から菩提寺にお墓参りに出掛けたあと、今は誰も住んでいないおばあちゃん家に立ち寄った。

久しぶりの我が家を前に胸に込み上げるものがあったが、それに気がつかないふりをして空気の入れ替えをした。縁側の窓を開いた瞬間、目に飛び込んできたのは八分咲きの桜だ。二年前のあの日はすでに満開を迎えていたが、今年はどうやら少しだけ開花が遅れているようである。

縁側に腰を下ろして、私は放心状態で桜を眺める。

すると、おばあちゃんが息を引き取ったあの日、あの瞬間をまざまざと突きつけられた気がした。

胸が苦しくなり、五分と保たずに逃げるように立ち去ってきてしまった。

もう、この家には誰もいない。それが改めてわかって寂しくて切なかった。

そろそろあの家の未来について考えなくてはいけない。

一周忌のときも同じことを考えていたというのに、さらに一年経った今も何もできずにいた。

私の心の拠り所でもある場所だ。手放すのは、やはり勇気がいる。

家の処遇についてはもう少し考えよう、と心の中で折り合いをつけながらテレビのリモコンを手に取り電源を切った。

一気に静まり返るリビングには、私だけしかいない。

誠司くんは、今日も遅くまで仕事なのだろう。十時を回った今も、まだ帰宅していない。

おばあちゃんの命日には、一緒に墓参りに行きたい。

前々からそんなふうに誠司くんは言ってくれていたのだが、残念ながら仕事が入ってしまった。

誠司くんは申し訳なさそうに何度も謝ってくれたが、その気持ちだけで十分だと思っている。

私以外にも、おばあちゃんを偲《しの》んでくれる人がいる。それだけでありがたい。

ふぅ、と小さく息を吐き出したあと、布巾を洗う。

すっかり春めいてきた。こうして水仕事をしていても、さほど手が冷たくなることはない。

お夜食にと用意しておいたおかずを冷蔵庫にしまい、再び時間を確認した。

「そろそろ寝ようかな」

もう少し起きていて、誠司くんの帰りを待っているのが通常だ。

だけれど、ここ最近眠りが浅くて眠れていないせいだろう。疲れが取れにくい。

その上、今日は一日遠出をしていた。すっかり身体は疲れ切ってしまっている。

一周忌の頃もそうだったが、おばあちゃんの命日が近づいてくると情緒不安定になってしまうようだ。

急に泣きたくなったり、寂しくなったり。この世界に一人きりになったのだと実感して切なくて堪らなくなる。

桜の開花を迎える時期は、今後こんなふうに気分が落ち込んでしまうのだろうか。

リビングのカーテンが少しだけ開いているのに気がつき、窓際まで歩みを進める。

カーテンを両手で持って閉めようとしたとき、ライトアップされた桜が視界に入ってきた。

マンションの近くには、有名な桜の名所がある。

大きな公園に植わっている桜は、百本は超えているらしい。この時期にはライトアップがされるようだ。

実家の桜は満開一歩手前だったけど、公園の桜は見頃を迎えている。

ヒラヒラと花びらが舞い散る様を見て、どうしようもなく悲しくなって涙が零れ落ちてしまった。

慌ててカーテンを閉めて、窓に背をつけてその場に崩れ落ちる。

「ひとりぼっちは嫌だ……」

絞り出すように声を出したが、自分の悲痛な声を聞いて胸が痛くなる。

呆然と座り込んでいると、ポツポツとガラス窓に何かが当たる音がした。雨だ。

背にしている窓に、勢いよく大粒の雨がぶつかってきた。

轟々《ごうごう》と突風が吹き荒れ、まさに春の嵐といった空模様に急激に変化する。

ピカッピカッと、時折稲光が辺りを明るくさせた。

グスグスと鼻を鳴らしながら、広いリビングを見回す。

私は今、戸籍上は誠司くんの妻になっている。愛住心愛として彼のマンションに住まわせてもらっている現状だ。

——そう、住まわせてもらっているんだよね。

彼は、おばあちゃんに恩があると考えている。

だからこそ、私に魔の手が伸びそうになっているのを見て見ぬふりができなくて、マンションに住まわせてくれているのだ。

籍だってそうだ。彼の優しさの上に成り立っている結婚で、決して私が好きだから結婚したわけではない。

そもそも彼は、一生結婚をしないつもりで生きてきた。

その信念を曲げてまで私と籍を入れたのは、ただただ妹分である私を心配したから。

それに目の前で事件に巻き込まれそうになっている知人を放置できるほど、彼は冷たい人ではない。

お人好しで優しいからこそ、誠司くんは私に手を差し出してしまっただけなのだ。

あれから、私の目の前に海道さんは現れてはいない。

もう安全だと言ってもいいはずだ。

誠司くんのことを思えば、今すぐ出ていった方がいいに決まっている。早々に離婚をして独り立ちをするべきだ。

頭ではわかっている。だけれど、心がそれを拒否していた。それは――。

「私、誠司くんが好き……。離れたくない」

ここ最近、落ち込み気味なのは、おばあちゃんの命日が近づいていたからというのも理由のひとつだ。

だけど、それだけではないのだと、私はわかっていた。

契約社員で勤め始めた会社では正社員として採用してくれることが決まったし、海道さんは私に接触してくる素振りも見せてこない。

となれば、私は一人でも生きていける。誠司くんは、いずれそう考えるはずだ。

ただ、彼は優しいから「出ていって欲しい」とは言わないだけ。私が自発的に言い出すのを待っているのだろう。

私と一緒に暮らしているのは楽しそうには見える。だけれど、元々一人で生きていこうと考えていた人だ。

他人がいる生活に、そろそろ疲れが出始める頃だろう。

せっかくの我が家だ。一人きりになりたいと思う日だってあるはず。

それがわかっていても、私は彼のそばにいさせて欲しいと願ってしまう。

私の完全なるわがままだ。だけど、離れたくない。

突然の再会だった。しかし、再会したあの夜。私の手を引いて歩く彼の横顔に胸がときめいていたのは錯覚ではなかったのだ。

あの瞬間、私は確実に恋に落ちていた。彼が昔、隣に住んでいたお兄ちゃんだとは知らないうちに。

ああいうのを、一目惚れというのだろうか。頭が理解する前に、心が彼に釘付けになっていた。

憧れから尊敬に、そして彼に対して恋心を抱き始めていると自覚するのに時間はあまりかからなかった。

誠司くんといると、いつも心臓が忙しない。胸がドキドキして、キュンとする。

彼と一緒に暮らす日々は私にとって幸せすぎて、この時間がいつまでも続いて欲しいと願いたくなった。

こうして広いリビングに一人きりでいると、無性に誠司くんに会いたくなってしまう。

早く帰ってきて、なんて言えない。私には、彼にそんなわがままを言う権利はないのだ。だって……。

「私は彼に守られているだけの仮の妻だもの。言えるわけないよね」

聞き分けのない自分に、言い聞かせるように呟く。

ゴロゴロと雷の音がだんだんと近づいてくる。

私の嘆きは、稲妻によって掻き消された。

彼にとって私は目の離せない妹みたいなものだ。愛とか恋なんて感情は生まれてこないだろう。それは、一生……。

それがわかっていても、私は彼のそばに居続けたい。

そう願う時点で、彼に「お世話になりました」なんて笑顔で別れの感謝を言えないだろう。

もちろん、好きですなんて彼に言えるはずもない。結果なんて火を見るより明らかだ。気持ちを押し殺したまま、私はどれほどの期間を耐えることができるだろうか。

——その前に、誠司くんから引導を渡される可能性もあるけれどね。

そんな可能性を考えて、胸が締めつけられるように痛む。

私に誰か好きな人ができたときには離婚をすればいい。

この結婚に関して「迷惑がかかるから」と尻込みしていた私に、誠司くんは諭すように言ってきたことを思い出す。

私を納得させるための言葉だったと思うが、裏の意味も隠されているように感じて仕方がない。

これは、彼にとっての保険でもあるのだと思う。

いつでも別れられる約束があれば、彼自身が離婚を言い渡せる。

それを狙っていたのではないか。そんなふうに、うがった考えをしてしまうのだ。

叫びたいほどの感情が体内に渦巻いている。

それがわかっていながらも、言葉に出せない。だからこそ、涙として気持ちを吐露するしかできないのだろう。

ポロポロと涙を流していると、ものすごく強い風が窓に吹きつけてくる。

横殴りの雨は凄まじく、その上雷の音はずっと鳴り響いていた。

「キャッ！」

何かが窓に当たる音がした。

怯えながらカーテンを少しだけ開いて見てみると、どこかのベランダから飛んできたのだろうか。

ハンガーがベランダに落ちていた。先程の大きな音は、このハンガーがガラス窓にぶつかったせいだろう。

窓が割れなくてよかった。そんなふうに思ったときだ。フッと照明が落ちる。

「え？　え？」

停電だろうか。立ち上がって窓の外を見渡すと、辺り一面が闇に包まれていた。

どうやら、この地域一帯が停電になってしまったようだ。

気分が落ち込んでいる上に、大荒れの外。挙げ句の果てには停電で、周りは真っ暗だ。

ますます孤独感に苛《さいな》まれてしまい、涙が止まらなくなってしまう。

まずは、携帯のライトをつけようと探し始めたときだ。

ガタッという物音が聞こえた。

「う、うそ……え？　やだ……っ！」

怖い。頭を抱えてその場にしゃがみ込むのと同時に、リビングの扉が開け放たれた。

「心愛！　大丈夫か!?」

「っ！」

誠司くんは、携帯のライトでこちらを照らしてくる。

――誠司くんだ、誠司くんだ、誠司くんだ！

今、一番会いたかった人の登場に、私は彼に走り寄って抱きついた。

「誠司くん！　怖かった！」

「大丈夫だ、心愛。ほら、大丈夫。心配いらないぞ？」

彼が持つ携帯のライトで、ほんのりとその場だけ明るくなっている。

その明かりで、誠司くんの心配そうな顔が見えた。

彼の顔を見るなり、ホッとしすぎてしまったのか。

膝から崩れ落ちそうになる。

「危ない！　大丈夫か？」

誠司くんの逞《たくま》しい腕が、私の身体を抱き留めてくれた。

無我夢中で彼に抱きついていると、彼は私が泣いているのに気づいたようだ。

私をギュッと力強く抱きしめながら「大丈夫だ、心配いらないからな」と男らしくて安心できる声で囁いてくれる。

誠司くんの声を聞いていたら、なんだかますます泣きたくなってしまった。

声を上げて泣いていると、彼は困った様子で慰めてくれる。

それがまた嬉しくて、涙が零れ落ちてしまう。

「悪かったな、心愛。帰りが遅くなってしまって。一人きりで怖かっただろう？」

どれだけ泣いていただろうか。

ようやく落ち着きを取り戻した私に、誠司くんは「離れた方がいい」と言いながら私から距離を取ろうとする。

だが、彼の腕を掴んで首を横に振った。

「ヤダ！」

ずっとくっついていたいのに。それを言葉に出せないもどかしさ。

そんな気持ちを伝えるように、私は彼の腕にギュッと抱きついた。

すると、彼は再び私を腕の中へと導いてくれる。

先程から、心臓が破裂しそうなほどにバクバクと大きな音を立てている。

彼を見上げると、心底困った様子で私を見下ろしていた。

その眼差しを見て、胸がツキンと痛んだ。

彼を困らせていること、そしてこの行為は彼にとって迷惑なのだと突きつけられたように感じる。

離れなくては、誠司くんに嫌われてしまう。

この結婚生活がなくなってしまうのは絶対に嫌だ。

名残惜しく感じながらも彼から離れることを決めた私に、誠司くんはため息交じりで言う。

「あのな、心愛。気がついているか？」

「え？」

「俺、びしょ濡れなんだけどな」

「あ……！」

言われて初めて気がついた。確かに誠司くんの身体はびしょ濡れになっている。

そこで彼が今日署に行くのに電車を使ったことを思い出した。車を車検に出していたからだ。

最寄り駅からこのマンションまで、徒歩で十分ほど。

傘を持って行かなかった誠司くんは、横殴りの雨の中を走ってここまで来たはずだ。

雨で濡れてしまったのだから、すぐにシャワーを浴びたかっただろう。

だけれど、一目散にリビングに飛び込んできたのはきっと……。

――私を心配してくれたから……だよね？　誠司くん。

胸の中がほんわかと温かくなる。本当に誠司くんは優しい。

「ほら、心愛も濡れてしまっただろう？　着替えた方がいいぞ」

「……」

「それよりも、シャワーを浴びた方がいいかもしれないな」

胸に甘く込み上げるものを感じていたのに、彼は再度私から離れようとする。

それが寂しくて切なくて……。私は、首を横に振った。

「心愛？」

「誠司くん。離れちゃ嫌です！」

誠司くんが、息を呑んだのがわかった。だが、すぐに苦笑して私の頭を撫でてくれる。

子どもの頃と同じ仕草だ。私を宥めるとき、彼はいつもこんなふうに頭を撫でてくれた。彼の手は温かくて、大きくて。頭を撫でられていると、ふわふわして気持ちがいい。だから、私は誠司くんに頭を撫でられるのが好きだ。

だけれど、なぜか今はあまり嬉しくなかった。子ども扱いされているように感じられたからだ。聞き分けのない子どもをあやす行為に感じられて、胸が鈍く痛む。

私は子どもじゃない。誠司くんの妹でもない。仮の妻でいたくない。

――ただ、私を一人の女として見てもらいたい。

そんな感情のまま、私は彼の濡れた背中に腕を回した。キュッと密着するように、抱きつく。

一センチも、一ミリでも彼と離れていたくない。くっついていたい。

気持ちが込み上げてきて、私は思いの丈をぶつけていた。

「みんな、私を置いていなくなっちゃうの……」

「心愛？」

誠司くんの戸惑った声が聞こえる。一瞬躊躇してしまったが、もう止まらなかった。

私は、彼を見上げて訴えかける。

「誠司くんまでいなくなっちゃったら、私……っ！」

この結婚には終わりがある。ずっと誠司くんとは一緒にはいられない。

そんなことはわかっている。わかっているけれど、結局のところわかっていなかったのかもしれない。

別れのカウントダウンが始まったと怯える日々が増えてきた。

両親とは幼い頃に別れ、おばあちゃんとも二年前に別れた。

そして、今度は誠司くんとの別れがやってくる。

どうしようもなく抗《あらが》えない別れだとわかっているけれど、それでもやっぱり嫌だと叫びたくなる。

穏やかな生活が続けば続くほど、誠司くんと一緒にいるのが嬉しいと感じることが多くなるほど。

彼の一挙一動で心が弾むことを、私は知ってしまった。

私は大人の女性になり、彼は大人の男性になった。

幼かった頃の二人ではない。もう、あの頃のようにはいられないのだ。

だって、私は彼に抱きしめてもらいたい。キスしてもらいたい。

もっと、もっと彼の近い場所にいて、蕩け合いたい。

そんなふうに望む時点で、おままごとみたいな仮面夫婦を続けるのは難しいだろう。

それがわかっていたからこそ、ずっとこの気持ちを抑え込んできた。

私の気持ちを告げてしまったら、もう仮面夫婦ですらなくなってしまう。

向かう先は、ただ別れのみ。わかっていたのに、私は願ってしまった。

誠司くんのその逞しい腕で抱きしめて欲しいのだと。

真っ暗なリビングに沈黙が落ちる。携帯のライトの明かりがぼんやりと二人を照らし出すだけ。

何かもっと彼をその気にさせるような言葉はないのか。

必死に考えていると、何度か点滅したあとに部屋の明かりがついた。

どうやらマンションの自家発電システムが作動したようだ。

まだ明るさに目が慣れないでいると、「心愛、こっちに来い」と誠司くんはくっついたままでいる私を一度引き剥がすと、私の腕を掴んでリビングを出る。

向かった先はバスルームだ。彼は扉を開いて私を押し込んでくる。

「このままでは風邪を引いてしまうぞ。一度着替えた方がいい」

自分の方が濡れているのに、まず先に私のことを考えてくれる。

その優しさはとても嬉しい。だけれど、今の私にとってそれは残酷な優しさだ。

彼の広い背中が、バスルームから去っていってしまう。

待って、そう思った瞬間、私は彼の背中に抱きついていた。

「心愛っ!?」

驚いた誠司くんが振り返った瞬間、私はめいっぱい背伸びをして彼にキスをした。

目を見開いて固まる誠司くんに、私は何度もキスを仕掛ける。

何度目のキスだったろうか。ようやく彼は我に返って、狼狽し始めた。

「待て、心愛」

私と距離を保つためか。その長い腕を伸ばしたまま私の両肩を掴んでくる。

この距離が近いようで、遠い。もっと彼に近づきたいのに。

今の私は、きっと自棄《やけ》になっている。冷静になり、明日の朝になればどれほどの自己嫌悪で落ち込むだろうか。

でも、これからのことなんて考えられなかった。ただ、彼が欲しい。誠司くんが欲しくて堪らない。

私が懇願するような目で見つめると、彼の顔には明らかに困惑の色が滲み出た。それが悲しくて堪らなくなる。

「私、二十四歳です」

「心愛?」

「小学一年生だった幼い女の子じゃありません。大人の女になりました」

彼が目を大きく見開いた。その瞳に、私の顔が映し出される。

淫欲に満ちた厭《いや》らしい顔をしているのかもしれない。それでも構わないと思った。

私を見て情欲を掻き立てられるのならば、どんなふうに見られたっていい。

「私、誠司くんに慰めてもらいたい。寂しいんです、誠司くん」

彼にとっては籍を入れるなんて行為に、なんの感慨もないものだろう。

だけれど、私は彼と結婚ができてよかった。たとえ、それが嘘偽りであり、私を守るためだけの優しい嘘だとわかっていても。

それでも、嬉しかったのだ。

この幸せを二度と離したくはない。そう思ってしまうほど、私は彼との結婚に感謝している。

これがきっかけで、私は誠司くんへの恋心に気がついたからだ。

親愛じゃない。もっと深く、もっと激しい感情だ。

だけれど、この感情を口にしたら、誠司くんは離れていってしまう。それだけは避けなくてはいけない。

だから、私は彼の優しさにつけ入ることにした。

優しい彼のことだ。情に訴えれば、私を無下にはできないはず。

──私って、ずるい女だ。

罪悪感に押しつぶされそうになりながらも、それでも私は彼に抱きしめてもらいたいという気持ちは変わらなかった。

ただ彼は私を見下ろし続けていて、何も言ってくれない。

そんな彼の腕に、私は手を伸ばした。

「これ以上、誠司くんに甘えちゃいけないってわかっています。だけど、だけど……っ」

視界が涙で滲む。震える唇は、なかなか動かせない。

──どうか、お願い。お願いします。私に一夜だけの夢をください。

両親が亡くなったとき、おばあちゃんが亡くなったとき。この世の中に神様はいないのだと打ちのめされた。

だけれど、もう一度だけ信じたい。

神様がいるのならば、この想いを成就させて欲しい。

一夜だけでいい。明日の朝には、いつも通りの私に戻るから。

どうか、誠司くん。私の願いを叶えて。

「ダメですか？　誠司くん」

彼のスーツのジャケットは雨で濡れて重くなっている。その袖をキュッと掴む。

同情で構わない。だから、せめて……今だけは、私を女だと意識して。

縋るように彼を見つめていた、そのときだった。

私の願いが、天に通じたのだ。

＊＊＊

気がつけば、俺は心愛の身体を引き寄せていた。

心愛は、縋るような甘えた声を出す。

「誠司くん……」

その声には、確かに色香が漂っていて大人の女なのだと認識せずにはいられなかった。もう、心愛は俺の記憶の中にいる、俺に小さな手を必死に伸ばしてきていた子どもではない。立派な大人の女だった。

ギュッと自らの腕の中に誘い込むと、あまりの小ささに力を入れたら壊れてしまうのではないかと不安になる。

でも、手放すことなんてできない。俺は、彼女の頭を掻き抱いた。

――好きだ、好きだ、好きだ！

ずっと彼女に手を伸ばすことを躊躇していた。だけど、もう我慢はできそうにない。

彼女から俺の腕の中に飛び込んできたのだから。

こうして抱きしめると、彼女が美しい大人の身体なのだとわかる。

丸みを帯びた身体、胸板に当たるのは柔らかな胸。彼女の髪に顔を埋めれば、下半身が刺激されてしまいそうなほど甘く男を誘う香りがする。

――クラクラしてくる。

どうやら、心愛の女としての色香にやられてしまったようだ。

心愛はかわいい妹分、そして恩ある人の孫だ。俺にとっては庇護する存在。

そんなことを何度となく頭の中で呟きながらも、葛藤が続いていた。

俺の一方的な気持ちを押しつけてもいいものか。悩んでいた。

心愛にしてみたら、俺に慰めて欲しいと言ってきたのは一時の気の迷いだ。

ただ、寂しくて人肌が恋しくなっているだけ。それだけだろう。

俺が彼女に抱いているような感情とは違って、心愛には恋愛の気持ちはない。それはわかっていた。

おばあちゃんを亡くしてしまったときの心愛の喪失感は計り知れないものだったに違いない。おばあちゃんは彼女の親代わりとして、心愛を育て上げた人だ。心愛にしてみたら、最後の身内でもある。

そんな大事な人がいなくなってしまい、心愛はひとりぼっちになってしまった。

以前、心愛にどうして地元に留まらずに、こちらに出てきたのかと聞いたことがある。

短大卒業後、地元の会社に就職。安定した給与がもらえていたはずだ。

ごく普通の生活をして、時折オシャレをするために洋服を買ったり友人と遊んだり。

派手さにはかけるかもしれないが、それでも年相応の幸せを噛みしめられていただろう。

それに、向こうにはおばあちゃんから譲り受けた家があるのだから住まいにも困らなかったはず。

それなのに、住み慣れた土地から離れてきたのはなぜなのか。

都会に出てくれば、どうしたってお金が必要になってきてしまう。

現に、彼女はかなり老朽化が進んだアパートで細々と暮らしていた様子。

実家の維持費だってバカにはならないし、都会は物価だって地元より高い。

金銭面だけを考えれば、間違いなく実家にいた方がいい。

デメリットがあるのを百も承知で都会にやってきたのには理由があった。

「あの家にいると、おばあちゃんを思い出して寂しくて仕方がなくなっちゃったんです」

そんなふうに理由を話してくれた。そのときの心愛は、抱きしめていないとそのまま消えてしまいそうで……。不安に駆られてしまうほど、儚く、悲しそうだった。

逃げるように地元を離れなくてはならないほど、心愛は心の拠り所がなくなってしまっていたのだろう。

おばあちゃんの二回目の命日を迎え、心愛は当時を思い出すことが増えたのか。

ここ最近は、塞ぎ込んでいる様子を何度も見ていた。

彼女は必死になってそれを俺に隠そうと元気なふりをしていたが、嘘が苦手な心愛だ。隠しきれてはいなかった。

心愛が情緒不安定になっているのはわかっていたからこそ、今日はなんとしても早く帰ってきたかったのに。

「誠司くん？」

少しだけ抱きしめていた腕の力を抜く。そして、腰を屈めて心愛の顔を覗き込んだ。

熱い視線が絡み合う。問いかけるように、心愛は俺の名前を呼んだ。目が真っ赤になっている。どれほどの間、一人で泣いていたのだろうか。痛々しく感じて、彼女の目元に残った涙の痕に唇で触れた。

心愛の肩がビクッと震える。俺が雄を前面に押し出しているから怖がられてしまったのだろうか。

でも、無理だ。止めてやることなんてできない。

目を丸くさせて驚いている心愛の唇に、自身の唇を重ねた。

「くぅ……ん、っ……」

鼻に抜けるような甘ったるい心愛の声。あまりの色っぽさに、目眩《めまい》がしそうだ。

柔らかく温かい唇を貪るように、舌を彼女の口内に捻り込む。

心愛のすべてを奪うように、舌を動かす。そして、見つけたのは心愛の舌だ。

絡ませるように舌を動かすと、恐る恐るといった様子ではあるが心愛が応えようとしてきた。

たどたどしいその舌の動きに気をよくする。深いキスにあまり免疫はなさそうだ。

――俺以外の男には触れさせたくはない。

俺の色に染めてやる。独占欲丸出しの感情を隠しもせず、彼女に愛撫を教えていく。

甘くて、虜《とりこ》になりそうだ。心愛に溺れていく。そんな自分に内心で苦笑する。

心愛を前にして、理性がグラグラと揺れ動くことに気がついたのはいつだっただろうか。

いつ理性が擦り切れてしまうのか、わからない。

ヤバイと自分自身に警戒したのは一度や二度ではなかった。

我慢の限界は近づいている。ここ最近の俺は、とにかく心愛を押し倒さないように自分に言い聞かせて耐え続けていた。

だれど、もう我慢はしない。いや、できないだろう。

こんなに甘くて柔らかくて、かわいらしい心愛を見せられたら理性なんてものは木っ端みじんになる。

ゆっくりと唇を離すと、心愛は蕩けた表情をして俺を見つめていた。

その目には情欲が灯っていて、もっとして欲しいという願望が見え隠れしている。

頬を紅潮させ、半開きになった唇にはお互いの唾液がテラテラと光っていた。

淫欲を漂わせている心愛を見つめる。

――かわいい。綺麗……好きだ。

今まで女性に言ったことがない言葉が、脳裏を埋め尽くしていく。

「心愛……っ」

愛の言葉を紡ぐ時間が惜しく感じて、再び心愛の唇を味わうように齧りつく。

彼女の唇の甘さに酔いしれながら、ほの暗い気持ちが心を侵食していく。

籍を入れたのは正解だった。

心愛をがんじがらめにして、逃げ出せなくすることができるかもしれない。

心愛に籍を入れさせることを承諾させるため『今後、心愛に好きな男ができたら離婚すればいい』なんて言っていたのに、真逆のことをしようとしている。

家に帰ると心愛がいて「おかえりなさい」と笑いかけてくれ、「おやすみなさい」とかわいらしく言ってくれる。

それがどんなに幸せなことなのか。それを教えてくれたのは他でもない。心愛とおばあちゃんだ。

でも、彼女たちと別れ、再びひとりぼっちの生活が始まった。

時間が流れて日々の生活に辟易しつつも、一人にも慣れてきたつもりだった。

だけど、こうして心愛と再会して一緒に暮らすようになってわかったことがある。

それは、ずっと温かいぬくもりを求めていたのだ、と。

包まれるような幸せの象徴、絶対的な存在が欲しかったのだ。

それが、心愛だと気がついたときには、彼女が欲しいと、そう叫びたくなる自分がいた。

ただ、そんな感情を必死に抑えていたのは、心愛に無理強いしたくなかったからだ。

だが、もう無理だ。心愛を手放すなんて考えられない。

「心愛、こっちに来いよ」

彼女の手を引き、初めて自分の部屋に彼女を閉じ込める。

ベッドに押し倒して彼女の腰辺りを跨《また》ぎ、逃げ出せないようにした。

心愛を見下ろしながら、雨で濡れたせいで重くなってしまったスーツを脱ぎ捨てたあと、素肌で心愛に覆い被さる。

「誠司くん」

か細い声が耳をくすぐる。緊張で声が震えているのだろうか。かわいい。

俺が雨に濡れたせいで、心愛の服も濡れてしまっている。

それらを一枚ずつ剥いでいき、生まれたままの姿にした。

白い肌は柔らかそうで、すぐさま食いつきたくなるほど。

綺麗な裸身を見下ろしながら、俺は知らず知らずのうちに口角を上げていた。

顔を真っ赤にして俺を見上げていた心愛が、ゆっくりと細い腕を俺に伸ばしてくる。

俺を受け入れる覚悟ができた。そう言いたいのだろう。
その腕を掴み、舌で舐め上げる。細い腕を味わう様を、心愛に見せつけた。
チュッとキツく唇で吸い上げると、赤い痣《あざ》ができあがる。
それを見て、満足げに心愛に視線を送った。
「もっと痕をつけるぞ？　いいか？」
一瞬、心愛の目が泳いだ。
一度だけ俺を見たあと、視線を横に向ける。
「うん、いっぱいつけて欲しいです……」
寂しくならないように。そんな心愛の心の声が聞こえた気がした。
ゾクリと官能めいた痺れが身体を駆け巡る。
俺は身体を心愛に密着させながら、彼女の身体に触れていく。
心愛が甘い喘ぎ声を上げるたびに、その場所を執拗に愛撫した。
何度も高みへと昇らせ、身体を震わせる。
そんな彼女を見て、淫欲めいた気持ちが抑えられない。
真っ赤な独占欲の痕をたっぷり彼女の身体に刻みながら、俺は心愛に溺れていく。
柔らかな身体を愛撫するたびに、彼女が快感で喘ぐ。

その声がとてもかわいくて、ずっと聞いていたいと思うほどだ。

——絶対に誰にも聞かせたくない、見せたくない。全部、俺のモノだ。

唇、舌、そして手を使い、彼女の身体を余すことなく味わい続ける。

俺が彼女を愛するたびに、恍惚とした表情を浮かべる心愛がかわいすぎた。

もっとそんな表情が見たい。そう思えば思うほど、愛撫の手を止めることなどできなくなった。

満たされていく身体と心。涙が出るほどの幸せを感じる。

「あ……っ誠司く……んんっ！」

何度も俺を呼ぶ、かわいい心愛。彼女が吐く甘ったるい吐息でさえも愛しい。

乱れる呼吸、汗ばむ身体で二人は何度も抱きしめ合う。

何度目かの高まりのあと、心愛は気絶したように眠りに落ちてしまった。

やりすぎたか、と悔やんだのは、白い肌に無数の赤い痕跡を見たときだ。

彼女が目を覚ましたら、まずはやりすぎてしまったことについて謝らなければならないだろう。

「誠司くん！　やりすぎですっ！」

そんなふうに言って、かわいい顔で怒るのだろうか。

想像するだけで、幸せな気持ちで満たされていく。

もう、気持ちを隠すことはやめよう。本当の気持ちを告げるべきだ。

最初こそ、心愛を守るためだけに結婚をしようとした。

だけど、今の俺は純粋に心愛と夫婦になりたいと思っている。

打算的なものではなく、恋愛で心愛とは一生を添い遂げたい。

心愛はただ寂しさを埋めるためだけに、俺に慰めて欲しいなどと言ったのだとわかっている。

しかし、この夜をなかったことにはしたくない。

あれだけ家族なんていらない、結婚なんてしない。そんなふうに宣言していたのに、心愛は俺の頑なな心を変えてしまった。

控えめな性格だが、温かくて優しい。そして、あのかわいらしい笑顔にやられたのだ。

スゥスゥと寝息を立てている心愛の横に寝転がり、布団をかける。

まだまだ花冷えするから、きちんと温かくしておかなければ風邪を引いてしまう。

本当は風呂に入れてあげたいところだが、ぐっすり眠ってしまっている心愛を起こすのは可哀想だ。

それならば、と心愛を腕の中に抱きしめた。これなら俺の体温で温かいはずだ。

朝になったら、心愛にきちんとプロポーズをしよう。

そんな決意をし、疲れ果ててしまった彼女を抱きしめながら眠ったのだが……。

翌朝、俺はプロポーズをすることができなかった。


昨夜の雨が嘘のように、今朝は快晴だ。綺麗な青空が広がっているのが、リビングからも見える。

清々しい天気と同じような笑顔で、心愛は俺にほほ笑みかけてきた。

お互いシャワーを浴びて朝の支度をし終わり、すっかり昨夜の淫靡《いんび》な空気は払拭してダイニングテーブルに着いた。

オーブンで焼いた冷凍のクロワッサン、スクランブルエッグやサラダを盛り合わせたものがテーブルには並んでいる。

美味しそうな湯気が立ち上り、今が食べ頃だと主張している料理たちの前で、心愛は笑みを深いものにする。

そして、俺にとって残酷なことを口にした。

「ありがとうございます、誠司くん」

「心愛？」

藪《やぶ》から棒にどうした。そう言おうとしたのだが、俺の声を掻き消すように彼女は続ける。

「昨日の夜は、急にごめんなさい！」

勢いよく頭を下げたと思ったら、エヘへと泣き笑いをし始めた。

「私、誠司くんに無理強いしちゃいましたよね？」

「心愛、あのな――」

途中で口を挟もうとしたのだが、それを彼女に首を横に振って拒否された。

「でも、もう大丈夫です！　私、もっと強くならなくちゃと思って。そうしないと、おばあちゃんが心配して枕元に出てきちゃうかもしれませんしね」

クスクスと笑い声を出して、冗談みたいに言う。だが、俺からしたら強がりにしか見えない。

一人で強くなんてならなくていい。俺に寄りかかればいい。

俺に甘やかされて、トロトロに蕩かされて。一人では生きていけない。そう思えばいいのだ。

きちんと話し合う必要がある。焦って俺が口を開こうとしたときだった。

心愛が急に真顔になる。

「……昨夜のことは、なかったことにした方がいいんだと思います」

「心愛？」

胸がズクンと痛む。呆然としながら彼女の言葉を脳裏に一言ずつ並べる。

だが、並べ終わった瞬間、言いようのない不安が押し寄せてきた。

心愛は俺から視線をそらすように俯く。

表情が見えないからこそ、ますます不安が掻き立てられてしまう。

何か声をかけて、心愛の考えにストップをかけなくては。そう思う一方、唇が動くことを拒否してくる。

俯いていた彼女が顔を上げ、心愛の目が真摯に俺を見つめていたからだ。

「なかったことにしてください。お願いします、誠司くん」

「心愛」

「仮面夫婦っていう約束だったのに。私が寂しいからって無理強いしちゃいました……。本当にごめんなさい！」

もう何も言えなくなってしまった。

深く頭を下げた心愛に、なんと声をかけたらいいのか。

昨夜をきっかけに本当の夫婦になろうと言いたかった。
だけど、そんな言葉は今の心愛には不必要なのだろう。
むしろ、いらない言葉なのかもしれない。
未だに頭を上げない彼女を見て、ギュッと手を握りしめる。
爪が手のひらに食い込むほど強く握っても、痛みを実感できなかった。
それほど絶望の淵に立っているのだろう。
昨夜の甘く幸せな夜はなかったことにしなければならないのか。
――俺は、心愛を愛しているのに。
抑えきれないほどの愛情をどこに持っていけばいいのか。
仮面夫婦になろうなんて、どうして言ってしまったのだろう。
もっと違う言葉があったはずなのに。
自分の言葉のせいで後々苦しむはめになるとは思いもしなかった。
嫌だと叫びたくなる自分が、酷く子どものように感じられて言葉を呑み込む。
心愛は、やはりただ寂しくて俺を求めただけだったのだ。
孤独を感じて、人肌が恋しくなるときは誰にでもある。
おばあちゃんを亡くして二年経つとはいえ、心愛はまだ気持ちの整理がついていない。心の傷が治っていない彼女を、これ以上苦しめたくはなかった。

俺と抱き合ったことを後悔しているというのなら、俺はその憂いをなくしてあげなくてはならない。

俺がここで承諾すれば、彼女の心は救われるはずだ。

ギュッともう一度手を握りしめたあと、心愛に「頭を上げろよ」と努めて優しい口調で促す。

恐る恐るといった様子で顔を上げた心愛を見て、彼女が安心できるように大きく頷いた。

「わかった」

「誠司くん」

「心愛がなかったことにしたいというのなら、それでいい」

心愛がホッと胸を撫で下ろす様子を見て、これでよかったのだと自分に言い聞かせる。

さぁ、食べようと促し、朝食を食べ始めた。

だが、いつものように穏やかな時間を過ごすというわけにはいかなかった。

ギクシャクとした空気が苦しくて、重い。それは心愛も同じ気持ちだろう。フォークを皿に置き、所在なさげな様子でクロワッサンを口に入れた心愛に視線を送る。
「心愛。少しずつ、悲しみが消えてしまうといいな」
今、俺が彼女にかけられる言葉はこれぐらいだろう。
一瞬食事の手を止めた心愛は、俺をまっすぐ見つめてきた。
そして、困ったようにほほ笑む。
「はい、そうですね。そうなるように頑張ります」
苦しそうな表情の彼女を見て、本当にこれでいいのかと葛藤する。
だけど、心愛の幸せはどこにあるのかを考える。
ここで愛を伝えても、それは心愛にとって重荷になるだけだ。
もう少し時間を置いてみて、少しずつ彼女の心の傷が浅くなってきたら……。
そのときは、俺がもう一度プロポーズするタイミングが来たということだ。
今はただ、再び仮面夫婦に戻って心愛を守る。当初の目的を遂行しよう。
何度も自身に言い聞かせながらも、昨夜の熱を思い出して苦しくて堪らなくなった。

9

大型連休明けの忙しさから多少解放されてきた。

私の職場はカレンダー通りの休みなので、連休はゆっくり過ごすことができた。

一方の誠司くんは連休などなく、いつも通りお仕事だったのだけれど……。

少し前の私なら、「誠司くんと一緒にいたかったな」なんて愚痴っていただろうけど、連休中は家にはいないと聞いてホッとしてしまった。

甘くて蕩けてしまうような一夜を誠司くんと過ごしてから二ヶ月ほどが経った。

外は長雨が続いている。窓を濡らす雨を見ると、どうしても睦み合ったあの夜を思い出してしまう。

幸せな一夜だった。好きな男性に抱いてもらえたのだ。嬉しくて堪らなかった。

私は誠司くんに愛されている。そんな勘違いをしてしまうほど、彼は優しく私に熱を与えてくれた。

だけど、朝の光の中。隣に眠る誠司くんを見て、一気に夢から目が覚めた。

私は、なんてことを彼にお願いしてしまったのだろう。自分がしてしまったことを思い出して青ざめた。

あの時の私は、かなりナーバスになっていたと思う。おばあちゃんの命日を迎え、ずっと胸の奥に隠していた寂しさが込み上げていたのだ。

誠司くんと一緒に住むようになり、だんだんと心が落ち着いてきていた。彼が私に安心感を与えてくれたからだ。

しかし、この生活はいつまで続くのかわからない。不安定な関係だ。

そう思ったとき、どうしようもなく不安になってしまった。

私は誠司くんに恋をしているから、いつまでも夫婦でいたいと願っている。それが仮面夫婦という嘘つきな関係だったとしても、それでも彼のそばにいたいと思う。

だけど、誠司くんはどう思っているのだろうか。

その疑いを抱いた瞬間、怖くて堪らなくなった私は、彼に無理なお願いをしてしまったのだ。

慰めて欲しい。そんなことを言われた挙げ句、私からキスをされたのだから、誠司くんは心底困っただろう。

誠司くんは何度も私から離れようとしたのに、私が強引に押し切ってしまった。無理強いもいいところだ。

そして、結局は私のお願いを誠司くんは聞いてくれたのだが……罪悪感が半端なかった。

誠司くんは、昔から責任感や正義感が強い人だ。自分が守るべき相手に対して、全力で力になってくれようとする。

だからこそ、私のお願いを断りきれなかった。

私の願いを受け入れて慰めれば、一時だけでも不安から解放してやれる。そんなふうに思ってくれたのだろう。

優しい誠司くんだから、私のわがままを聞いてくれた。ただ、それだけだ。

それなのに、私は一人で舞い上がってしまっていた。

彼に愛されていると錯覚してしまったことが、無性に恥ずかしくなったのだ。

寝顔は少しだけ幼く見える誠司くんを見つめ、自分のしでかしたことがあり得ないほど迷惑行為だったのだとようやく認識した私は後悔に苦しんだ。

どうやったらこの夜が帳消しになるか。必死に考えて出した答えは、非常にシンプルなもの。

誠心誠意で謝るのみ。それだけしかできなかった。

お願いされたからといって、心愛を抱いてしまった。そんなふうに誠司くんが後悔するのは目に見えている。

彼に変な罪悪感を抱かせないようにしなければ。そのことで頭がいっぱいだったのだ。

あの夜は過ちだった。だから、忘れて欲しい。

そう言えば、彼の気持ちは軽くなるはず。

私にとって、あの対応がベストだったと思っている。

だけど、心はずっとヒリヒリとして痛い。

心にも思っていないことを口にするのが、こんなに辛いなんて思わなかったのだ。

形だけの夫婦だった私たちが、一線を越えた。

あの夜は私にとって、間違いなく生涯の宝物になる。そう言い切れるだろう。

ただ、代償は大きかった。情緒不安定になっていたからと言って、越えてはならない一線だったのかもしれない。

現在、私はその代償の重さをひしひしと肌で感じ取っていた。

私より早く仕事に出掛けた誠司くんは、リビングにはもういない。

大きなため息を吐き出しても、誰にも指摘されないだろう。

ふぅ、と何度目かわからないため息を零しながら、私も出社の準備を進める。

ため息の原因は、もちろん誠司くんとのことだ。今朝の彼の様子を思い出して、再び息を吐き出す。

表面上では、今まで通りの二人だ。だが、どうしたって違和感を覚えずにはいられない。

あの夜から、ギクシャクとした空気を感じていた。

どちらも無理をして、いつも通りにしようと努力している。

それがわかるたびに、こうして夫婦で居続けていてもいいのだろうかと疑問と不安が押し寄せてきてしまう。

誠司くんは、相変わらず優しい。妹分である私を、お兄さんとして守ってくれるところなんて本当に素敵だ。

ますます好きになってしまいそうになるのを、必死にブレーキをかけている毎日だ。

それは、かなりしんどい。

誠司くんはただ、警察官として国民を守っているつもりだろう。

わかっている。だけど、きっと私の心はわかっていない。わかりたくないと思ってしまう。

ほんの少しでもいい。そこに愛があるのだと思っていたいのだ。

——思いっきり私のわがままだよね……。

気分がまた落ち込んでいくのを感じたが、首を横に振って払拭する。

今から仕事なのに、こんな気持ちでは業務を遂行できない。

せっかく会社が私を正社員として正式雇用してくれたのだから頑張らなくちゃ。

ダイニングテーブルに置いておいた携帯に手を伸ばそうとすると、ピコンと着信音がした。

なんだろうとロックを解除してディスプレイを確認すると、ポップアップメッセージが表示されている。

生理週間を入力しておくアプリからのお知らせだ。

それを見て、ドキンと心臓が音を立てる。

『生理日の入力を忘れていませんか？』

そんなメッセージだった。

慌ててアプリを開き、生理カレンダーをチェックする。

そういえば、生理が来ていない。

私は不規則な方で、この前アプリのメッセージが送られてきたとき「いつものことだから大丈夫」と放置してしまったのだが……。

さすがに現時点で、生理が来ていないのはおかしい。

焦る気持ちを抑えながら、カレンダーを確認する。

心当たりがあるので、緊張で心臓がうるさいほど高鳴っている。

誠司くんと愛しあった夜と、妊娠しやすい時期がぴったり合っていた。

もう一度、あの夜を思い出す。誠司くんは確実に避妊してくれていた。それは覚えている。

しかし、コンドームをしていても完璧ではないらしい。

愕然としながらも、まだ妊娠が確定したわけではないのだからと自分に言い聞かせて仕事へ行くことに。

今日は金曜日だ。処理をしなければならない書類がたくさんある。

何も考えないように努力をしながら、仕事に勤しんだ。

その帰り、ドラッグストアに寄って妊娠検査薬を買ってきた。

逸《はや》る気持ちを抑えながら、すぐさまトイレに駆け込んで検査をしたのだが……。

くっきりとマーカーが出ていた。

それを見た瞬間、思わず涙が零れ落ちていく。

――私と誠司くんの赤ちゃん……っ！

恐る恐る自分のお腹に両手を当ててみる。

まだ何も感じられない。だけど、愛おしくて堪らなくなる。

大好きな人との子どもが、自分のお腹にいるなんて。

嬉しくて嬉しくて、思わず声を上げて喜びたくなってしまった。

何度もお腹を摩りながら、まだ見ぬ我が子に思いを馳せる。

——本当に嬉しい。どうしよう……っ！

喜びを噛みしめていたのだが、すぐに現実を思い出して不安に駆られる。

普通に考えれば、私と誠司くんは籍を入れて夫婦になったのだから、妊娠したとなれば喜びもひとしおとなるだろう。

だけど、残念ながら私たちは普通の夫婦ではない。私を守るためだけに用意された、偽りの関係だ。

元々誠司くんは、一生独身を貫くつもりだった。

それなのに、その決意を翻して私と結婚してくれただけ。

誠司くんは、赤ちゃんを望んでいないだろう。愕然として自分のお腹を見つめる。

最寄りの産婦人科をネットで検索してみると、土曜日の午前中は診療をしているようだ。

とにかく、病院に行って再度検査をして、本当に妊娠をしているのかを確認するべきだろう。

まずは、そこからだ。誠司くんに話すのは、時期尚早だろう。

わかっていても、ソワソワする気持ちを抑えきれない。

こんな調子では、誠司くんに不審がられてしまう。

深呼吸をして心を落ち着かせていると、携帯にメールが届いた。送信者は、誠司くんだ。

『今日は仕事で帰れないかもしれない。先に寝ていてくれ』

メールの内容を目で追い、すぐに返信をする。

『お疲れ様、誠司くん。了解しました』

と入力して送信し、ホッと安堵の息を吐き出した。

おそらく、誠司くんの帰宅は明け方ぐらいになるだろう。

仕事で疲れ果てている彼はそのままベッドで眠りこけるはずだから、産婦人科に出掛けるときにも顔を合わせなくても済むはずだ。

結果が出てからでないと、落ち着いて誠司くんの顔を見ることができそうにもない。

挙動不審になっていたら、どうしたって誠司くんに理由を話さなければならなくなる。

それだけは、とにかく避けなければ。

今後の身の振り方をよく考えて結論を出してから、誠司くんには伝えるべきだろう。

妊娠しているのか、していないのか。今の段階ではわからないけれど、これだけくっきりと検査薬にマーカーが出ていれば妊娠している確率が高いはず。

まずは病院で確認してもらってからだ、と自分に言い聞かせ、早めに就寝することにした。


「誠司くん？」

なかなか寝付けずにいたが、産婦人科の診療時間に間に合うように起きた。

自室から出てリビングに行ったのだけれど、人の気配がない。

誠司くんの部屋の扉をソッと開いてみたけれど、ベッドに誠司くんは寝ていなかった。

もしかしたら、まだ仕事から戻ってきていないのかもしれない。

鉢合わせになる前にと慌てて支度をして、朝一番に産婦人科へと向かった。

検査結果を待つ間、ドキドキしすぎて苦しくなる。

待合室にはお腹を大きくした妊婦さんや、旦那さんと一緒に診察を待つ女性もいた。

先程、生まれたばかりの赤ちゃんを抱いて退院していくご夫婦がいて、うらやましくなってしまう。

私も、この腕で赤ちゃんを抱く日が来るのか。

想像しただけで、ドキドキする。

だけど、喜んでばかりはいられない。妊娠していたとしたら、さすがに誠司くんに話さなければならない。

私のお腹に赤ちゃんがいたら、誠司くんは喜んでくれるのだろうか。

——喜んでくれるはずないよね……。

結論は彼に聞かなくてもわかっている。

もし妊娠していたら、これからどうしていけばいいのか。不安ばかりが押し寄せてくる。

「愛住さん、診察室へどうぞ」

看護師さんに促されるまま診察室へと入り、検査等をしたあと優しい笑みを浮かべた女性医師が結果を教えてくれた。

「妊娠されていますよ」

その言葉を聞いて、嬉しい反面、戸惑いの方が大きかった。

そのあと色々と話を聞いたはずなのに、ほとんどの言葉が耳をすり抜けていく。

とりあえず次回受診の予約を入れ、何も考えられない状態で産婦人科を出た。

「誠司くんのマンションに戻らなくちゃ」

産婦人科をあとにして、電車に乗り込んだ。しかし、足取りは重い。

マンションの最寄り駅まで辿りついたというのに、改札を出てすぐのところで足が止まってしまった。

どうしようと焦るのだけれど、身体が動くことを拒否してくる。

ここでずっと立ち竦んだままではいけない。必死に足を動かしてマンションへと向かう。なんとかマンションのエントランスに入って、郵便受けを確認する。

ダイレクトメールが何通かと、メール便の小さな箱が入っていた。

それらを手にして、部屋へと向かう。

リビングに辿りついたのだが、まだ誠司くんは戻ってきてはいなかった。よほど仕事が忙しいのだろう。彼がいないことに安堵しながらも、どうしてもじっとしていられなくてウロウロと部屋の中を行ったり来たりする。

「これから、どうすればいいんだろう……」

どうしようもない不安に駆られてしまう。

私は誠司くんの子を授かれて、ものすごく嬉しい。とても幸せを感じている。

だけど、誠司くんはどうだろう。もし、自分に子どもができたなんて知ったら困るはずだ。

しかし、こうしてお腹に彼の赤ちゃんがいるとわかった以上、何も言わずに産むわけにはいかない。

もし、彼が難色を示してきたとしても、絶対に産む。その考えだけは揺るがない。

――私一人でも、絶対にこの子を産んでみせる。

口で言うだけなら簡単なのだろう。実際、大変なことの方が多いはずだ。

それでも、私は彼との子を育てたい。誠司くんには、そう告げよう。

「誠司くんに妊娠したことを話して……、離婚してもらって。あぁ、住む部屋はどうしよう！」

一度、実家に戻るのも手かもしれない。だけど、せっかく正社員として働き始めた仕事はどうしようか。

考えることは山積みだけれど、みんなが幸せになる方法を模索するべきだ。

特に一番念頭に置くべきは、誠司くんには一切迷惑をかけないということ。それだけは心に決めている。

彼は優しいから「一緒に育てよう」と言ってくれるかもしれない。

だけど、それは断るつもりだ。これ以上、彼に迷惑をかけることはできない。心苦しすぎる。

ふと、先程郵便受けにあったメール便の箱が目に入った。私宛てのメール便だったが、心当たりはない。送り主欄は、化粧品会社の名前が書かれてある。いつか懸賞でも応募したかな、と思いながらその箱を開いた。

中身を見て、思わず小さく声を上げてしまう。

震える手で中身を取り出すと、白い封筒と写真が数枚入っていた。

写真は、私と海道さんがホテルで談笑している姿が写し出されている。それも色々なアングルから盗撮されていた。

どの写真からも私と海道さんが仲よさげに見えて、とても親しい雰囲気だ。

恋人同士だと受け取る人がいるかもしれないと思うほど親密な様子だ。

「やだ……、うそ……っ」

盗撮された写真の中の一枚を見て、私はそれ以上の言葉をなくしてしまった。

海道さんが私の背に手で触れ、エスコートしている写真だ。

あたかも客室に向かおうとしているように見える。

まさに、これからホテルの一室で愛し合う二人のようだ。

海道さんは職を失って意気消沈している私を気遣って、あのホテルにお茶をするために連れていってくれただけ。
それなのに、こうして写真で見る二人は、恋人同士のように見える。
盗撮写真の数々に打ちのめされながら、私は震える手で白い封筒を開いた。
そこにはA5サイズのコピー用紙が二枚、三つ折りに畳まれて入っている。
ドクンドクンと胸が嫌な音を立てていた。息がしづらくて苦しい。
でも、この紙は見るべきなのだと自分に言い聞かせてゆっくりと開く。
『貴女が極道の情婦だということを、警察官である夫は知っているのか？』
真っ白なコピー用紙に、ただそれだけ書かれてあった。
だが、そのインパクトのある言葉の羅列に言葉を失う。
私の手元から、もう一枚封筒に入っていた紙が落ちる。それを拾って広げた。
「どうして……っ」
それは、週刊誌らしき記事のものだった。
赤字で書き込みなどがされていて、現時点では下書きのようにも見える。
問題は内容だ。記事のタイトルを見て、身震いする。
『エリート警察官の妻は、極道の情婦!?』
慌ててその記事に目を通す。記事には、盗撮された写真が掲載されている。

もちろんぼかしが入ってはいるが、見る人が見れば私だとわかるだろう。

記事は、「警察官と結婚しているのに、極道と不倫をしている」といった内容が微妙なニュアンスでふんわりと書かれてあった。

しかし、明らかに信憑性にかけるものだ。

「何よ！　これ!!」

破り捨てたい気持ちをグッと抑えながら、再び箱の中に入っている盗撮写真を探る。

海道さんとこのホテルでお茶をしたのは、昨年末だ。

次の日に、私は誠司くんと籍を入れたから間違いない。

一日前とはいえ、籍を入れる前だ。不倫だと言われる理由はどこにもない。

そもそもそんな関係ではないのだから、でっちあげもいいところだ。

しかし、問題はその証拠がどこにもないということだろう。

写真には日付の記載がない。となれば、「先月撮影した」などと言われても、通用してしまう可能性がある。

コピー用紙には『警察官である夫は知っているのか？』と書かれていたが、この点に関しては心配ない。

誠司くんは、その場にいた。私と海道さんが恋人ではないことを知っている。

ただ問題になってくるのは、この記事が世の中に出回ったときだろう。

週刊誌にこんなデタラメな記事が載ったとしても、信じてしまう人は出てくる。

この記事には海道さんが現役の極道だと書かれているが、実際は元極道だ。

しかし、そこはどちらだったとしても関係ないだろう。

警戒しなくてはならないのは、その点ではない。

かなり大きな組を動かしていた過去を持つ男と何かしらの関係があったと匂わされてしまうのが問題なのだ。

こうして写真——と言っても、後ろめたいことなど何もないが——があるので、二人がホテルで密会をしていたように思われてしまったら反論ができなくなってしまう。

誠司くんは警察官だ。暴力団との繋がりはＮＧのはず。

彼の妻である私と元極道の海道さんとのツーショット写真を警察関係者が見たら、どう思うだろうか。

元極道だとはいえ、やはりマズイ。出世街道を走る誠司くんに迷惑がかかるのは必至だ。私がここにいたら、彼の輝かしい未来を私が潰すことになってしまう。

——潮時なのかもしれないな。

出世が約束されている彼の邪魔になるなんて、私には耐えられない。

すぐに誠司くんと別れれば、この記事の掲載を免れる可能性がある。

元妻となれば、この記事のインパクトは減るはず。記事にしても仕方がないと編集部は判断してくれるかもしれない。

送られてきた写真を箱に突っ込んだあと、自分のお腹をゆっくりと撫でる。

一生独身宣言をしていた彼に結婚してもらった上、事件に巻き込まれそうになっていたところを助けてもらった。

それなのに、彼の優しさにつけ込んで、抱いて欲しいなんて無理難題を突きつけてしまったのだ。

誠司くんと離れたくなかったから、愛してもらいたかったから。

そんな独りよがりの考えを持った私に振り回された彼を、早く解放してあげなくてはいけない。

誠司くんには妊娠の事実を告げずに、ここから立ち去った方がいいだろう。

優しい彼のことだ。私が妊娠したなんて聞いたら、別れるなんてとんでもない、守らなくちゃと思ってしまうはず。

これ以上、誠司くんに迷惑をかけたくない。

自室に戻り、当面必要になるだろうと思われる自分の荷物をスーツケースに入れていく。入りきらなかった私物は、引っ越しの際に使った段ボールに詰め込んだ。段ボールを捨てなくてよかった。

熱《ほとぼり》が冷めたら、誠司くんにこれらの荷物を送ってもらえばいい。

慌ただしく荷造りをし終え、別に除けておいた便せんを手に取る。

誠司くんに手紙を書くためだ。

今までのお礼と迷惑をかけてしまったことへの謝罪を綴《つづ》り、離婚して欲しいと書いた。後日署名と捺印した離婚届を送るから、提出しておいて欲しいという旨も記《しる》しておく。誠司くんの目につくように、自室のテーブルにその手紙を置いた。

「さよなら……っ、誠司くん」

テーブルにポタリと涙が一粒零れ落ちる。

次から次に落ちていく水滴を見て、私は慌ててスーツケースを持って立ち上がった。

これ以上ここにいたら、誠司くんに縋ってしまいそうだ。

誠司くんを愛しているからこそ、私はここにいてはいけない。

彼は私と同等の愛を抱いていないことはわかっているのだから、ここにいてはいけないのだ。誠司くんのそばにいたら、いずれ苦しくて堪らなくなる。

愛が欲しい、と強請《ねだ》ってしまうはず。それを言ったが最後、私は彼の隣で笑えなくなるだろう。

そうならないうちに、私は彼の下から去った方がいい。それがお互いのためなのだ。

ただ、ひとつだけ。許して欲しい。

そっとお腹に触れながら、小声で呟く。

「この子だけは、私にちょうだいね。誠司くん」

これから色々と大変になるのはわかっている。だけど、親子二人で頑張って生きていくつもりだ。スニーカーを履き、振り返らずに玄関を出る。

未練を断ち切りながら、「さようなら」とここにはいない彼に感謝の気持ちを込めて言った。

＊　＊　＊

「心愛！　いるか⁉」

靴を脱ぐのも、もどかしい。乱雑に脱ぎ捨て、転がるように部屋の中へと入る。

リビングの扉を開いて見回したが、心愛の姿を見つけることができなかった。

シンと静まっている室内には、彼女の気配はまるでない。

ネクタイを緩めてソファーに投げ捨てながら、ジャケットに入れてあった携帯を取り出す。今日、何度目かわからないほどかけている心愛の携帯に電話をかけるのだが、やっぱり繋がらない。

「クソッ！」

苛立ちがピークに達して、思わず舌打ちをしてしまう。

しかし、こうしている時間さえももったいない。今はとにかく心愛の安否を確かめるのが先決だ。

心愛の部屋の扉を勢いよく開く。しかし、やっぱりここにも彼女はいなかった。

落胆して部屋を出ようとしたとき、テーブルの上にある手紙に気がつく。

封筒には〝誠司くんへ〟と書かれてある。嫌な予感がして慌てて手に取った。

中には便せんが二枚入っていて、そこには心愛のかわいらしい文字でこれまでの感謝と謝罪が綴られている。

「どういうことだよ、心愛。迷惑がかかるから別れて欲しいって……」

手から力が抜けて、便せんがラグへと落ちていく。だが、それを拾う気力はなかった。足下が崩れ落ちるような感覚に、信じられないほどの虚無感を覚える。

手紙にはこれまでのお礼がたっぷりしたためてあり、迷惑がかかるから出ていくということと、離婚して欲しい旨が書いてあった。

ふと、手紙と一緒に置かれてあった、小さな箱に気がつく。

「これは……？」

その箱を開くと、何枚もの写真が出てきた。それらを手にして動きが止まる。

心愛と海道がにこやかにほほ笑んでいる様子が写し出されている写真だった。

おそらく、昨年末にホテルのカフェでお茶をしていたときの写真だ。現場には俺もいたから間違いない。

この写真は、盗撮されたもののようだ。俺と同じく二人を偵察していた人物が、他にもいたということなのだろう。

だが、どうしてこんな写真を心愛が持っていたのか。

――送りつけてきた人物がいるのか？

そこで、心愛がマンションを出ていってしまった理由と結びつく。手紙で「誠司くんに迷惑がかかる」という言葉が何度も繰り返されていた。この写真が原因だろう。

誰から送られてきた物か。確認していると二枚の紙が出てきた。

一枚は『貴女が極道の情婦だということを、警察官である夫は知っているのか？』と書かれたもの。そして、もう一枚は週刊誌か何かの掲載前のゲラのようだ。

その内容というものが、警察官である俺を陥れようとするものだった。

心愛はこれを見て、俺のそばにいてはいけないと判断して出ていってしまったのだろう。だが、どう見ても意図的に仕組まれたものとしか思えない。

これは心愛を外におびき出すための罠かもしれないと思ったとき、ひとつの疑惑が確信へと変わっていく。

先日、公文書偽造の罪で捕まった男だが、どうやら追っていた地面師詐欺事件の詐欺グループにも関与していたのではないかと思われる供述をし始めた。

この男は書類偽造を得意としているらしく、今回の地面師詐欺グループの一派に頼まれて過去にも書類を作ったことがあるようなのだ。

捕まった男の話では、近々その詐欺グループとの仕事が行われる予定だったらしい。今回のリゾート開発予定地関連で、再びこの男に書類偽造をさせようとしていたのだろう。男の話では、約束を取り交わしたのは市内のカラオケ店だったらしい。

その店に協力を依頼して監視カメラのチェックをすることになり、昨夜から署に缶詰めだったというわけだ。

解析をしてわかったのは、この男に接近してきたのは海道に声をかけてきていた人物と同じ。海道を再び極道の世界へと連れ込もうとしている男、保世津組の舎弟だった。

ようやく地面師詐欺の主犯への繋がりがわかり、事件解決へまた一歩前進した。そう思ったときだった。

どうやって俺の携帯番号を調べたのか。海道から連絡が来たのだ。

『西花さんは、今どこにいるか。わかるか？』

何を言い出したのかと思った。心愛と話しているときは、あれだけ和らいだ雰囲気で話す、この男。

しかし、今は極道時代を彷彿とさせるような鋭利な刃物のような冷たい声だ。

通話を切ってしまおうとしたが、『今すぐ彼女の居場所を確認しろ！』と切羽詰まった声で訴えてきたのだ。

「どういうことだ？」

『先日、詐欺グループに関与する男が逮捕されたらしいな』

話を聞けば、海道は海道で自分にちょっかいを出してくる奴らを含めて今回の事件について探りを入れていたのだと言う。

そこで警察側と同様、保世津組の者たちが県内で幾度も発生している地面師詐欺の首謀者だという情報を掴んだようだ。

末端とはいえ、事件に関与している人物が捕まった。これで悪事が暴かれていくはず。普通ならそう考えるだろう。しかし、海道は『それだけでは終わらない気がする』と言及してきた。

『これで諦めてくれればいいのだが。しつこいからな、ああいう輩は。諦めたと見せかけて……。卑怯な手を使ってくるかもしれない』

仁義の世界は面子を大事にするから、と海道は付け加えて言う。

損得ではない。自分の面子にかけて動く可能性がある。

海道は、そう言いたいようだ。

『先程、保世津組の者から連絡があった。まだ私を極道の世界に引きずり込むのを諦めない、と。昔の私のネームバリューでひと稼ぎしたいのだろう』

「困った奴らだな」

ああ、と苦笑したあと、海道の声は固くなる。

『今度は、私を脅してくるだろう。私を直接狙うのなら、それも一興。やれるものならやってみろといったところだな。しかし、違う手段で脅される可能性も高い』

「何？」

『奴らは、私の弱みに目をつけるだろう』

「っ」

海道が何を言いたいのか。瞬時に理解した。

言葉をなくした俺に、海道は真剣な声色で再度聞いてきた。

『以前、保世津の舎弟が接触してきたとき、〝貴方の欲しいモノなら、こちらで手配するから、もう一度極道の世界に戻ってこい〟と言ってきたことがある。すぐに突っぱねたが、もしかしたらそれは――』

それ以上は聞きたくなくて「忠告、感謝する」とだけ伝えて通話を切った。

海道はその後、心愛の前には現れていない。

きっと保世津組の件があったから、心愛の前に現れるのをやめていたのだろう。

愛する女に危害が及ばぬよう、海道は心愛ともう二度と会わないと決断したのかもしれない。

だからこそ、俺に連絡を取ってきた。これが海道なりの心愛への愛なのだろう。

不安と苛立ち、そして嫉妬。色々な感情に叫びそうになりながらも、すぐに心愛と連絡を取ろうとしたのだが、全く連絡が取れない。

一縷《いちる》の望みでこうしてマンションに戻ってきたのだが、置き手紙が残されているのみで彼女はいない。

ひとつの答えに辿りついたとき、背筋が凍る思いがした。心愛が危ない。

早く。とにかく早く。心愛を見つけ出さなければ。海道を脅す手段として、保世津組は心愛を狙うかもしれない。最悪な想像をしてしまったと首を横に振る。

だが、ないとは断定できない現実に苛立ちを覚えた。

腹の底から込み上げてくるのは怒りだ。

心愛に何かあったら、絶対に許さない。

俺は再び部屋を飛び出す。エントランスで、車を出そうかと足を止めて悩む。

署からは車で戻ってきたが、心愛の姿を見つけることはできなかった。

それなら今度は徒歩でこの周辺を探した方がいい。

駐車場へと向いていた足を、逆方向へと動かした。まずは駅前に向かう道を行こう。

用心深く辺りを見回しながら、駅へと急ぐ。

——心愛、どこにいるんだ!?

焦る気持ちを抑えきれず、不安で心臓が竦み上がる。

冷静にならなければ、取り零してしまう。捜査の基本だ。

自分にそう言い聞かせながら、注意深く周りを確認しながら走る。

昨夜帰ってこなかったことが悔やまれて仕方がない。

俺はキュッと唇を痛いほどに噛みしめて、心愛の無事だけを祈った。

10

——これから、どうしよう。

慌てて マンションを飛び出してきたのはいいが、これからの予定は何も考えていない。

結局、マンションの目と鼻の先にある公園のベンチに腰を下ろしている。

休日のお昼過ぎで、家族連れがピクニックを楽しんでいた。キャッキャッと、子どもたちの華やいだ声がする。幸せを絵に描いたようなファミリーばかりだ。

ベビーカーに赤ちゃんを乗せて歩いている若いご夫婦が視界に入る。

ぷくぷくほっぺのかわいらしい赤ちゃんに、若夫婦は笑いかけていた。

そんな光景を見て、思わず自分に置き換えて考えてしまう。

ベビーカーに乗っているのは、私のお腹の中にいる赤ちゃんだ。

そして、ベビーカーを押しているのは誠司くん。その横で私はニコニコとほほ笑んでいる。

そんな未来が来ることなんてないのに。そう思う一方、望んでしまうのだ。

いつの日か、そんな家族になりたい、と。

「もう、無理なんだよね」

誠司くんは家族が欲しいとは思っていないし、私からの愛なんて欲しいと思っていないだろう。

それなのに、彼の子どもを授かってしまった。

その話をすれば、誠司くんは絶対に困ってしまうはず。

その上、彼の出世を脅かすかもしれない私の存在なんて、誠司くんには必要ではない。

あの記事が世の中に出たとき。すでに離婚していれば、誠司くんの輝かしい経歴に傷がつくのを防げるだろうか。

できることなら記事を差し止めて欲しくて、マンションにあの箱ごと置いてきたのだが……。

世の中に出回る前に阻止して欲しいと願いながら、キラキラと太陽の光が木々の間から零れ落ちる様を見つめた。

目の前に置いたスーツケースは、今この公園では浮いた存在になっている。それを見て、私は息を吐く。

今の私には、悲しみと罪悪感しか残されていない。

もう二度と誠司くんとの生活には戻れないこと。そして、こうして離れたとはいえ、誠司くんに今後迷惑がかかってしまうかもしれないこと。

どんなに謝っても、私にはどうしようもできない。

「ごめんね、誠司くん。ごめんなさい……」

何度謝罪しても、現状は何も変わらない。それがわかっているからこそ、むなしくなる。

私が帰れる場所といえば、おばあちゃんと住んでいた家しかない。

だけれど、それではせっかく得た職を失ってしまう。

それに、人員補充のために会社は私を正社員として雇ってくれたのだ。急に辞められない。

まずは、ビジネスホテルにでも泊まろうか。そして、今後について考えた方がいい。

駅前にでも行けば、ビジネスホテルはいくつかあるだろう。

どこか安めのホテルはないだろうか。そんなことを考えながら、ようやく腰を上げる。

早くここから立ち去りたい。ここにいると、自分がひとりぼっちなのだと突きつけられて気が滅入《めい》ってしまう。

トボトボと重い足取りで公園を出て、駅へと向かう道を歩いていく。

頬をかすめていく風は爽やかで気持ちがいい。

初夏の風が涙を拭ってくれるように感じて、少しだけホッとした。

公園に植わっている桜の木をフェンス越しに眺めながら、ゆっくりと舗道を歩いていく。

誠司くんに抱きしめてもらったあの夜は桜が満開だったが、今は青々とした葉で覆われている。

紫外線多めの太陽の光を遮ってくれる木々。木陰が多い道を、一人黙々と足を動かす。今、この通りには私だけしかいない。世間に取り残されたような気持ちになって心細く感じた。

駅へ向かおうと足を速めようとしたときだ。ふと、背後からの視線に気がついた。

少しだけ歩調を遅くして、後ろを振り返る。

すると、一台の大きな黒いワゴン車がつかず離れずの距離で私についてきているような気がした。

気のせいだと思って再び前を向いたのだけれど、なんだか気になって仕方がなくなる。

ドクドクと胸が騒ぎ、人通りがありそうな場所へと急ごうとした。

すると、ワゴン車が急にスピードをあげて走り抜けていく。それを見て、ホッと胸を撫で下ろした。どうやら勘違いだったようだ。

しかし、すぐに違う車が横付けされた。その車に見覚えがあって、目を見開く。

「海道さん……」

あの日と同じように、秘書が運転しているのだろう。後部座席から海道さんが飛び出してきた。

内心、どうしようと狼狽《うろた》えてしまう。

彼が原因で私は誠司くんの元を去らなければならなくなったのだ。もう二度と会わない方がいい。

彼と一緒にいるところを写真に撮り送りつけてきた人物に見られでもしたら、今度こそ言い逃れができなくなってしまう。

しかし、どうしたらいいのかわからず慌てふためく。

結論としては一刻も早く立ち去ることがベストだと答えを出した。

彼に背を向けて逃げようとする私を見て、海道さんは顔を困ったように歪めた。しかし、それを振り切って後ろを向く。そんな私に、彼は声をかけてくる。

「逃げないでください」

「海道さん」

切ない声を聞き、身体は動きを止める。背を向けたままの私に、海道さんは悲しそうな声で聞いてきた。

「やっぱり知ってしまったのですね？　私の過去を」

「……」

「私が元極道だと、愛住警視正から聞きましたか？」

何も言わないのは肯定の意味。海道さんは必死に訴えてくる。

「元、ですから。今はきちんと足を洗って、普通に生きていますので。そこまで怯えないでいてくれると助かります」

「海道さん」

「貴女に危害は加えません。ですが、少しだけ話を聞いてくれませんか？」

彼の切実な声に、私は思わず振り返る。

「ごめんなさい。私……」

一般人の私が近づいてはいけない、アウトローな世界。

彼は元々私とは住む世界が違う。

とはいえ、彼はその世界から足を洗い、堅気として生きている。

彼はいつも紳士で優しかった。それなのに、こんな態度を取ってしまったことに罪悪感を覚える。

頭を下げた私に、海道さんは「気にしないでください」と優しい顔つきでほほ笑む。

ここで逃げてしまったら、絶対に後悔する。

それなら、彼の話を聞いた方がいい。

私の気持ちを汲み取ったのか。海道さんは「ありがとう」と言ってホッとした様子を見せてくる。

少しだけ気まずい空気が漂う中、海道さんは相変わらず素敵な声で私に話しかけてきた。

「お久しぶりです、西花さん。いや、今は愛住さんですよね？」

心愛さんとお呼びしても？　と聞かれて、私は躊躇いながらも頷く。

すると、彼はホッとしたように頬を緩めた。

「お元気でしたか？」

「はい……。海道さんは元気でしたか？」

当たり障りのない挨拶をしたつもりだったのだが、彼の顔が急に曇った。

「元気と言えば、元気でしたが。落ち込んでいました」

彼は今までのように距離を詰めてこない。礼儀をわきまえた距離感を保ちつつ、私を見つめてくる。

「心愛さんが、まさか結婚してしまうなんてね」

顔が切なく歪んだあと、彼はそれをごまかすように穏やかな笑みを浮かべる。

「心愛さん、貴女を少しだけ困らせてもいいですか?」

どういう意味だろうか。首を傾げて彼の言葉を待つ。

すると、海道さんの表情から笑みがスーッと消え、代わりに真摯な目で見つめてくる。

「貴女が好きでした。心愛さん、貴女と結婚したかった」

「っ」

戸惑ってしまった私を見て、彼は悲しそうに目を細める。

「あのとき、言った言葉に嘘偽りはなかったんですよ?」

職を失って途方にくれていたとき。彼が私にかけてくれた言葉のことを言っているのだろう。

職を紹介しましょうか、それとも私と結婚しますか。そんなことを言っていた。冗談だと思って聞き流したのだが、彼にしてみたらあの言葉は愛の告白だったのだろう。

でも、私は彼の気持ちに応えられない。

もし、誠司くんの存在がなかったとしても、私は海道さんの手を取らなかっただろう。

彼は私にとって恩人だ。そこに好意は存在していたとしても、異性としての愛情はなかった。

「海道さん」

背の高い彼を見上げて、自分の気持ちを言おうとした。だが、それを止められてしまう。

彼は首を横に振って、申し訳なさそうに目尻を下げる。

「心愛さん、困らせてすみません。でも、自分の中でけじめをつけたくて」

ごめんね、と謝ってくる。きっと、これは彼の優しさなのだろう。

これで、この恋はおしまい。そう幕引きしたのを、私に見せたかったのだ。

彼の切ない気持ちが心に流れ込んでくる。でも、私の心を占めているのは誠司くんだけだ。

何も言えずにいると、彼は「ここから大切な話ですが……」と厳しい表情へと変わった。

「貴女が愛住警視正と結婚したことは知っています。だから、私は貴女の幸せを思って二度と会わないつもりでした。しかし……」

言葉を濁したあと、彼は深々と私に向かって頭を下げてきた。

「申し訳ない、心愛さん」

「え？」

どうして彼が謝るのか、理由が思いつかない。

戸惑いが隠せずに視線を泳がせていると、海道さんは事の次第を話してくれた。

彼は、すでに堅気として生きている。だけれど、それを不満に思っている人たちがいるらしく、元の世界に引っ張り込もうとしているらしい。

だが、それを突っぱねた今、弱みにつけ込み取り引きをしようとする可能性が高いという。

自分の現在の弱みは何か。そう考えたときに、真っ先に浮かんだのが私だったようだ。

そうでなければいい。だけれど、もし危惧していたことが現実になったら……？

そんなふうに考えたらいても立ってもいられず、こうして私を探して安否を確認したいと思ったようだ。

「もちろん、先程愛住警視正には連絡を取りました。彼にすべてを任せればいい。そう思っていたのですが……。少しでも奴等のけん制になれればと思いまして」

申し訳ない、と再び海道さんは頭を下げてきた。

そんな彼を見て、誠司くんが不安視していたのは、こういうことだったのだろうと理解した。

海道さんの近くにいれば、いずれ危険な事件に巻き込まれる可能性がある。

誠司くんはそれを懸念していたからこそ、私と結婚したという経緯がある。

誠司くんが心配していた通りの事態になろうとしているのかもしれない。

「さぁ、とにかく家に帰った方がいい。そして愛住警視正が戻るまでは、決して部屋から出てはいけません」

身震いをしている私に、「行きましょう」と言って海道さんは距離を保ったまま促してくる。

しかし、その場から動けなかった。今、マンションを出てきたばかりなのに、戻ることはできない。

「心愛さん？」

私の様子がおかしいのに気がついたのか。海道さんが、怪訝そうに眉を顰めた。

「どうしてスーツケースなんて……」

「あの、これは」

「これから旅行……なんてことではありませんよね？　どうしたのですか？」

「えっと……」

「愛住警視正から連絡はなかったのですか？　彼はきっと心配して貴女に連絡を入れたはずですが」

そういえば携帯は病院に入るときに電源を落としていた。

だから、誠司くんからの連絡に気がつかなかったのだろう。

海道さんは優しく問いかけてくれるのだが、理由は話せない。

何も言えずに立ち尽くしている私に、海道さんは再び促してくる。

「とにかく帰りましょう。マンションまでお送りします」

マンションに戻った方がいい。万が一、海道さんを脅迫しようとしている人たちが私に目をつけているのならば、私は避難するべきだ。

その人たちに捕まってしまったら、誠司くんに多大な迷惑をかけてしまう。

わかっているけれど、どうしても誠司くんに会うのが怖い。

厄介者だと思われていたら、どうしよう。怖くて、怖くて仕方がない。

もし、誠司くんに「心愛はいらない」なんて言われたら……。

想像しただけで、胸が痛んでしまう。

「心愛さん？」

心配そうに声をかけてくれた海道さんを見て、私はかすれ声で呟く。

「……帰れない」

「え？」

押し殺していた感情が涙として流れてしまう。

ポロポロと止めどなく涙を流しながら、私は海道さんに訴えた。

「私、もう……。誠司くんのところには戻れないんです」

「海道さん。どうしても誠司くんに連絡しなきゃダメですか？」

貸してもらったタオルをギュッと握りしめ、未だに止まらない涙を拭いながら海道さんに聞く。

ここは、公園の裏手にある喫茶店。海道さんが懇意にしているお店らしい。

なんでもママさんは昔とある組の姐さんだった人らしく、海道さんが若かりし頃からの知り合いなんだそうだ。

定休日の店には人がいなくて、ガランとしている。

私が泣き出したタイミングで、この喫茶店のママさんが通りがかったのだが、泣いている私を見て只事ではないと思ったのだろう。

「うちに寄っていきなさい」と声をかけてもらってやってきたのだ。

店内のソファーに座り、私はずっと泣き続けている。

私の真向かいには海道さん、そしてこの喫茶店のママさんが腰掛けていて、私の思いつくままの取り留めない話を聞いてくれていた。

ママさんがりんごジュースを勧めてくれたり、クッキーを出してくれたり。

親身になって話を聞いてくれるのが嬉しくて、溜め込んでいた気持ちを吐き出してしまった。

もちろん、内容は誠司くんとのことだ。

報われない恋に終止符を打たなければならないのだけれど、気持ちの整理がつかない。

離婚して欲しいと置き手紙をしてマンションを飛び出してしまったから、もう二度と誠司くんには会えない。

そんな弱音を吐くと、海道さんは誠司くんに電話を入れると言い出したのだ。

真っ赤になった目は熱を持っていて、このまま溶けてしまうのではないかと思うほど。絶望の二文字を表情に浮かべている私を見て、海道さんは苦笑いしながら肩を竦める。

「どうもこうも……。先程もお話ししたように、心愛さんが不届きな輩に狙われる可能性が高いのですよ。ですから、その輩たちを捕まえるまでは、貴女を安全な場所に確保する必要があります」

「それはわかっています！　でも、誠司くんに連絡しなくてもいいじゃないですか。誠司くんのところに行かなくても身を隠しておくことはできますっ！」

嗚咽を漏らしながら反論する私を見て、海道さんは諭してくる。

「愛住警視正は捜査二課の刑事です。詐欺グループの連中は、彼を特に警戒しています。ですから、心愛さんを匿《かくま》うとしたら彼のそばが一番安全なんです」

「誠司くんを警戒しているのなら、私を狙うはずないじゃないですか」

「まぁ、その通りなんですけどね。だからこそ、今までは狙われなかった」

「え？」

啜り泣きながら小首を傾げると、彼は深刻そうに渋面を作る。

「奴らはもうあとがない。それがわかっている今、強硬手段に出るかもしれない。そのことに警戒しているのですよ」

海道さんを脅していた人物たちは、詐欺を連発していたらしい。

その仲間の一人が捕まったことにより、芋づる式で主犯にも追捕の手が伸び始めているという。

あとがない彼らは今も尚、色々なところで顔が利く海道さんに助けて欲しいと手を伸ばしてきた。それを海道さんが一蹴したので、おそらく逆上しているのではないかというのが彼の考えのようだ。

どうせ捕まるのならば、海道さんに、そして警察に一泡吹かせたい。

犯行グループの主犯はそんなふうに考える人物だと彼は言う。

そんな危険な状況に立たされているなんて思いもしなかった私は震え上がってしまった。

そこでひとつ思い当たることがあった。公園から出てすぐ、海道さんが車でやってくるまでの間だ。

一台の大きな黒いワゴン車がつかず離れずの距離を保ちながら、後ろをついてきていた。

あのときは「変な車がいるな」ぐらいにしか思わなかったが、もしかしたら私を連れ去ろうと狙っていたのかもしれない。

そう思うと背筋が凍る。

気にしすぎならいいのだけれど、もし海道さんを逆恨みしている人たちが彼を脅すために私を拉致しようとしていたとしたら……？

こうして海道さんが匿ってくれていなかったら、大変な事態になっていたかもしれないのだ。

何も言えずにいる私に、海道さんは意地悪く口角を上げる。

「別にいいのですよ？　心愛さんと愛住警視正の離婚が成立し、私と結婚してくれるというのでしたら。責任を持って私が貴女の身を守りましょう。喜んでやりますよ？」

意地悪だ。私が困るのがわかっていて、そんなふうに言うなんて。

私が咄嗟に視線を落とすと「冗談ですよ」とクスクスと声を出して彼は笑う。

「心愛さんがなんと言おうと、愛住警視正には連絡を入れます。いいですね？」

そう言うと、私の承諾など聞くことなく彼は携帯を取り出した。

＊＊＊

「心愛、どこにいるんだ……っ」

呼吸が荒れている。歩道橋の手すりに手をついてもたれかかりながら、駅前の交差点を見渡す。

残念ながら、心愛の姿はここにもなくて落胆した。

駅までの道を走ってきたが、結局彼女の姿を見つけることはできずじまいだ。

海道の考えが杞憂であればいい。だが、もし本当だったとしたら心愛の身が危ない。

大丈夫だと言い切れない今、どうしたって焦燥感を募らせてしまう。

彼女はもう、この街にはいないかもしれない。あの手紙を読む限り、俺と距離を取ろうとしているのは確実だろう。

となれば、マンション近辺を探したとしても、心愛を発見できないかもしれない。

──やっぱり実家に戻ってしまったのか？

仕事があるので、実家に帰るという選択肢は消していた。

だが、休暇願を出して実家に戻るという可能性だってある。

一度マンションに戻り、車で移動した方がいいかもしれない。

そう考え、今来た道を戻ろうとした。そのときだ。

携帯の着信音が鳴り響く。慌ててジャケットから取り出してディスプレイを確認する。非通知だった。

もしかしたら、海道を脅迫しようとしている保世津組の連中かもしれない。

「もしもし――」

本当は怒鳴りたかったが、ここは冷静な対応が求められる。

怒りをグッと抑えながら電話に出た。

すると、携帯から聞こえてきたのは、海道の声。

もしかしたら、すべて海道の策で嵌められていたのだろうか。

保世津組と組んでいないと言いながら、実は陰で繋がっていたとしたら？

心愛が危ないと俺の耳に入れておいて、署から戻る隙をついて心愛を海道が拉致していたとしたら？

目の前が真っ赤に染まる。携帯を壊れるほど強い力で握りしめた。

「海道！　心愛はどうした⁉　まさか、お前が心愛を拉致したのか！」

ここが歩道橋のど真ん中だと忘れて、俺は怒鳴っていた。

幸い、歩道橋には人がおらず、車のクラクションの音で掻き消されたが、そんなことは今どうでもよかった。

頭に血が上り、海道に怒りが込み上げてくる。

一方の海道は、俺の様子が面白かったのか。揶揄うように笑う。

『ハハハ。どう思う？』

「海道……」

『私は心愛さんと結婚したいと思っていたほど、彼女が大好きだからな』

この言葉が、揶揄いだけで出たものだとは言えない。グッと歯を食いしばる。

そんなことは知っていた。あれだけ極道の世界で名を轟《とどろ》かせていた人物が、必死になって心愛を口説いている姿を見ている。

心愛を再度この手に抱き寄せられるのならば、なりふり構ってなどいられない。

「ふざけんな！　わかっているだろうな？　心愛は俺の妻だ。心愛に指一本でも触れてみろ。過去にお前たちがうまく葬ったであろう事件の数々を洗い出して捕まえてやる！」

一瞬、息を呑む音が聞こえた。だが、クスクスとそれはそれは心底楽しげに海道は笑い出す。それが妙に気にさわって、ますます苛立ってしまう。

俺が苛ついているのがわかった上で、海道はさらに俺の怒りを煽ってくる。

『エリート街道まっしぐらな警視正様らしからぬ発言の数々だな。そんなことでは、せっかく軌道に乗っている出世の道が閉ざされるぞ？』

海道が鼻で笑うのがわかった。俺が出世にしか興味がないのだとバカにしているのだろう。

今度は、俺が鼻で笑う番だ。フンと鼻を鳴らす。

「そんなモノ、いつでも捨ててやる。俺が大事にしているのは、大事にしたいと思っているのは心愛だけだ。心愛と未来を歩むことだ。それを邪魔するヤツは、誰であろうと許しはしない」

きっぱりと言い切ると、『驚いた』と海道の素の声が聞こえてきた。

『いつも冷静かつ冷酷だと噂される愛住警視正でも、そんなふうに感情を剥き出しにするんだな。安心した』

「は？」

先程までのいけ好かない態度から一変。海道は、どこか安堵した様子だ。

海道が俺を罠に嵌めて、心愛を連れ出したのではないのか。

と思ったが、どこか違和感を覚える。

顔を顰めていると、海道は柔らかな口調になった。

『心愛さんは、私が預かっている。というか、帰りたくないと泣きつかれてしまった。だから、俺の知人がやっている喫茶店で丁重におもてなしさせてもらっているから心配はいらない』

「は？」

『喫茶店のママが心愛さんを気に入って、あれこれ世話を焼いているから安心していい』

「どういうこと……」

よくよく聞けば、海道は俺に電話を入れたあと、心愛が心配になり俺のマンション近くを車で流していたのだと言う。

もう二度と会わないつもりでいたのだが、心愛があまりに意気消沈して歩いている姿を見て居ても立ってもいられなかったらしい。

まずは、心愛の安全を確保するのが第一だと思って、公園の近くを歩いていた心愛に声をかけたようだ。

――とりあえずよかった。

心愛の無事が確認されて、安堵で力が抜けていく。

どうやら俺が駅前まで走って向かっているとき、心愛はマンションの目と鼻の先にある公園にいたようだ。

ホッとしすぎて、その場にしゃがみ込む。

海道は、心愛を保護してくれているだけ。保世津組の奴らに、連れ去られたわけでもなかったようだ。

安堵はしたが、すぐに違う苛立ちを覚えてしまう。

心愛が海道を頼ったというのが気に入らない。

もちろん、海道が保護してくれていたことに関しては感謝する。

だが、相手は心愛が好きで結婚がしたいとまで仄《ほの》めかしていた男だ。

そのことについては、心愛に話しておいたので、海道が心愛をどう思っていたかを彼女は把握しているはず。それなのに――。

――お前は、俺の妻だろう！

心愛は離婚するつもりでいるようだが、絶対に別れてなんてやるものか。

他の男の手を取るなんて許さない。お前は、俺と手を繋いでいればいいんだ、一生。

心愛への愛に気がついていながらも、彼女に想いを伝えられなかった。

あの一夜をなかったことにされたのが、思いのほかショックだったからだ。

彼女は俺のような男より、もっと優しくて包容力のある男に守ってもらった方がいい。そう自分に言い聞かせてきた。でも、それは今思えば言い訳に過ぎなかった。

俺は怖かったんだ。家族のぬくもりを知らずに生きてきた、そんな男が家族を守ることができるのか、と。彼女のように温かい家庭で育ってきた人と俺とでは釣り合いが取れない。そう決めつけていた。

だけど、それは間違いだった。わからないなら、心愛に教えてもらえばいい。

どうやって家族を作っていくのか。全部教えてもらえばいいんだ。

——その前に、心愛にはきちんと告げなくてはいけないな。

俺の本当の気持ちを。心から心愛を愛しているという事実を。

『早く迎えに来てくれ。泣き続ける心愛さんを、これ以上見ていたくはない』

吐き捨てるように言ったあと、電話が切れた。

すると、すぐさまメールが届く。二人が今いる喫茶店の住所だろう。

俺は急いで、その店に向かった。

11

鼻にタオルを押し当てながら顔を上げると、海道さんはほほ笑んでいた。
「今の愛住警視正の電話。心愛さんの耳にも届いたでしょう？」
バッチリ聞こえてしまった。
だって、海道さんはスピーカーにして私にも通話内容が聞こえるようにしていたから。
誠司くんの必死な声が今も耳に残っている。
普段の彼なら絶対に言わないであろう、情熱的な言葉の数々。
今もまだ、脳裏に残っている。
――本当に？　本当に私のこと……？
思い出しただけでも顔から火が出そうだ。
彼の声からは、必死な様子が伝わってきた。
私とこれからも一緒に歩いていきたいと思ってくれている。それが、とても嬉しい。
心の奥がじんわりと温かくなっていく。また涙が出てきそうだ。

ジワリと浮かんだ涙をタオルで拭っていると、携帯の着信音が鳴り響く。どうやら海道さんに電話が入ったようだ。

「心愛さん。仕事の電話が入ってしまいましたので、少し車に戻ります」

「いえ、大丈夫です。お忙しいときにすみません」

立ち上がって頭を下げると、「ごめんね」とだけ言って彼は店を出て店舗裏の駐車場へと向かっていく。

海道さんが日々忙しくしているのは知っていたのに、手間を取らせてしまった。

これ以上、皆さんの手を煩わせられない。

――ちゃんと誠司くんと話そう。

目にタオルを押しつけながら、私は決意をする。

逃げるように出てきてしまったけれど、誠司くんにはきちんと自分の気持ちを告げよう。

それに、お腹の子どものことも話して、産みたいとお願いしたい。

誠司くんは、どう思うだろうか。

義務や責任からではなくて、心から子どもを望んでくれるだろうか。

先程の誠司くんの言葉が今もまだ心を温かくしてくれている。

あの言葉が、本当でありますように。

「ほら、心愛ちゃん。座って待っていましょう?」

「ママさん」

「大丈夫よ、心愛ちゃん。貴方の旦那様、絶対に心愛ちゃんを手放すようなことしないから」

「え?」

「うふふ。私、男女の機微には聡いのよ?」

ママさんは私をソファーに座らせると、手を握ってくれた。

勇気が出ますように、と握りしめてくれる手がとても温かくて嬉しくなる。

ママさんは、私のお母さんと同じぐらいの年齢だ。

もし、お母さんが生きていたら、こんなふうに励ましてくれたのだろうか。

しんみりとしていると、店の入り口辺りが騒がしくなる。

その様子に、ママは顔を顰《しか》めた。

「心愛ちゃんの旦那様じゃないのかしら?」

海道さんが誠司くんに電話をしてから、しばらく経つ。

そろそろ誠司くんが店に着いてもおかしくはないはずだ。

だけれど、なんだか物々しい雰囲気にママさんが腰を上げた。

「どうしたのかしら……？」

ママさんの顔色が、サッと変わる。彼女の視線の先を見て、身体を硬直させた。

柄の悪い男たちが十人ほど店内に入ってきたからだ。

綺麗に飾られていた花を花瓶ごと蹴り飛ばして、ガシャンと大きな音を立てる。

それを見て、ママさんは慌てて私を振り返る。

「心愛ちゃん。ここにいたら危ないわ」

「え？」

「保世津組よ。海道くんを脅そうとしているのは、アイツらなの」

「っ！」

この人たちが海道さんを再び極道の世界へと引きずり込もうとしているのか。

荒々しい集団の登場に、足が竦んでしまう。

話し合いで済む相手ではないらしい。あちこちからガラスが割れる音などが聞こえる。

「奥に行きなさい」

「ママさん」

早く！　と厳しく小声で私を急かす。

ママさんのその声に弾かれたように腰を上げたのだが、逃げる間もなく取り囲まれてしまった。

ママさんが私を背後に隠しながら、リーダー格と見られる男と対峙する。

「お客様、スミマセン。今日はお店、お休みなんですよ。お引き取りいただけます？」

物腰は丁寧だ。だが、貫禄《かんろく》あるママさんの言葉に辺りは一瞬静寂に包まれる。

だが、すぐさま張り詰めた空気を切り裂いて、ドスが利《き》いたダミ声が響いた。

この男が、保世津組の組長なのだろう。

「アンタには用はない」

「そうですか、でもね――」

ママさんは、その男に睨みを利かせる。

「この大惨事、どうしてくれるのかしら？　きちんと弁償してくださるんですよねえ？」

ものすごい迫力だ。さすが元姐さんだ。場慣れしているように感じる。

これぐらい豪胆でなければ、極道の世界ではやっていけなかったのかもしれない。

ママさんは私を守るように、男を目の前にしても落ち着いた態度を崩さず凛としている。

そんな彼女を見て一瞬言葉を失った保世津だったが、ニヤニヤと厭らしく笑う。

「わかっている。ここは、うちの組の者が片付けるから安心しろ」

「そう。では、早急にお引き取り願います」

ピシャリと言い切ったママさんを「まぁまぁ」と保世津は宥めてくる。

「俺たちはなぁ、用事があって来たんだ。その用事さえ済めば、店に危害を加えるようなまねしねぇよ」

保世津はママの背後にいる私を見つめて、口角を上げる。そして、私を指さして鼻で笑った。

「さっさとその女を寄越してもらおうか？　そうすれば、これ以上店に迷惑はかけねぇよ」

「ちょ、ちょっと！」

ママさんを無理矢理押しのけ、保世津は私を見下ろしてくる。

男は私を見ると、ニタリと意味深に笑う。

「それにしても、お嬢ちゃん。あんなものを見ただけで早速家を飛び出してくるなんて素直な女だなぁ」

「え？」

なんのことを言っているのかわからないでいると、保世津は楽しげに肩を震わせる。

「なんとかあの刑事の下から引き離しさえすれば、アンタを拉致できる。そう思って送った写真がこんなに早く効果を発揮してくれるなんてなぁ。記事もなかなかのものだっただろう？　本物みたいに見えたか？」

「あのメール便……！　まさか、貴方が？」

私を一人きりにさせるのが目的で、あんな脅しをしてきたというのか。

そして、大きな黒いワゴン車を思い出す。

あれにはこの男が乗っていて、そのまま私を車の中に押し込んで連れ去ろうとマンション付近で待ち伏せしていたのかもしれない。

海道さんの車が近づいてきたので、あのときは諦めて立ち去ったのだろう。

「さぁ、大人しくついてこい。なぁに、海道との交渉に使うだけだ。悪いようにはしねぇよ。海道もうちの者が取り押さえて今頃は車の中で伸びているはずだ」

保世津が顎で合図をすると、すぐそばにいた保世津の舎弟が私に手を伸ばしてくる。

キュッと唇を噛みしめて恐怖と戦う。

すぐさまお腹を抱え、とにかくお腹の子を守ろうと必死になった。そのときだった。

私に触れようとしていた舎弟の肩を、誰かが掴み、阻止をする。

「うちの妻に何か用か？」

そこには、息せき切って保世津と舎弟を鋭い目で睨む誠司くんがいた。

彼の姿を見て、ホッと安堵した。しかし、状況はあまりよろしくない。

誠司くんが、この人たちに危害を加えられてしまう。

——どうしよう！

顔を青ざめさせながら、私は誠司くんを見て心配を募らせる。

「いやぁ、これはこれは県警の刑事さんじゃあありませんか。どうしてここに？」

「どうして？　それはアンタが一番よくわかっているんじゃないか？」

「おっしゃっている意味がよくわかりませんねぇ」

しらを切る保世津に、誠司くんは背筋が凍るほど冷酷な声で言う。

「地面師詐欺の件で逮捕状が出たばかりだが……。それとは別に器物破損、営業妨害、婦女暴行未遂でも逮捕状を出さなくてはならないか？」

一触即発。両者睨み合いをしてピンと張り詰めた空気。だが、それはすぐに破れた。

背後から誠司くんに椅子を振り上げようとする男がいたからだ。

「誠司くん、後ろ！」

誠司くんは振り下ろされた椅子を掴み、反対にそれで防御していると、椅子を持つ男の背後に海道さんが立った。そして、その男を捻じ伏せる。

どうやら海道さんは、外にいた保世津組の者をやっつけて駆けつけてきてくれたようだ。

誠司くんと海道さん。二人が私を守るように、保世津組の男たちの前に立ち塞がった。

「海道、お前どこに行っていた？　心愛をお前が守らなくてどうする」

「痛いところを突いてくるな、愛住警視正は。だが、そもそも心愛さんに逃げられた男が言う台詞《せりふ》じゃないと思うが？」

「……逃げられていない」

「どうだか？　俺はすべて心愛さんから聞いたけど。愛住警視正の恋愛下手には腹を抱えて笑いたくなったがな」

「ほざけ。それはお前だって同じだろう？」

軽口を叩いている二人だが、現在店の中の雰囲気は最悪だ。

それなのに空気を読まずに言い合っている二人を見て、保世津組の男たちはますます怒りを増幅させているように見える。

とうとう怒りのゲージが振り切れてしまったのだろう。

男たちは二人に向かって殴りかかってきた。

多勢に無勢の状況に、私は恐怖で震え上がる。

誠司くんと海道さん、この二人で血気盛んな男たちに打ち勝てるのか。相手は十人ほどいる。

二人が傷ついてしまうことを想像し、血の気が引く。

ずっと警察が追っていた詐欺事件の捜査が核心に迫った今、彼らにはもう逃げ場はない。

だからこそ自棄になったのだろう。

男たちは、次から次に誠司くんと海道さんに襲いかかってくる。

声にならない言葉を叫んでしまう。見ていられない。

ガッと鈍い音と男たちの怒号が店内に響き渡る。

人数を考えても、こちらは不利だ。それに相手だって、こういった場数を踏んできている猛者だろう。

そんな相手十人に対して、こちらは二人きり。それも、私を守りながら対抗しなければならない。どう考えても劣勢だ。

——どうしよう……！

誠司くんに向かって男が殴りかかってくる。

もうダメだ。目をそらそうとした瞬間。私の視界には、男が宙を舞う姿がはっきりと映った。

ものすごいスピードで次から次に敵を打ち負かしていく。

「え……？」

背負い投げされた男は、床に這いつくばって伸びてしまった。あまりのスピードに驚く。

誠司くんが剣道の段持ちであり、インハイ優勝経験者だということは聞いている。

だが、柔道も極めているなんて知らなかった。

呆然と誠司くんの様子を見ていると、海道さんに男二人が殴りかかる。

危ない、と声を上げようとした瞬間だった。

誠司くんがその二人の肩を掴んで海道さんから引き離すと、次から次に殴り飛ばしていく。

「大丈夫か、海道」

「アンタに借りは作りたくなかったんだが」

苦く笑う海道さんに、誠司くんは涼やかな目を向ける。

「うちの妻が世話になったからな。これでチャラだ」

目で合図をし合い、襲ってくる男たちを二人は迎え撃つ。

そのあとの、二人の動きは鮮やかだった。

二人は背をお互いに預け、向かってくるこぶしを軽々と避けては捻り上げていく。

気がついたときには、店内に男たちが這いつくばっていた。

「……すごい」

心配する必要なんてなかった。

そう思うほど、強すぎる彼らを呆然として見つめる。

ホッと安心して力が抜けると、ソファーに座り込んだ。

すると、すぐに誠司くんと海道さんが駆け寄ってくる。

「心愛、大丈夫だったか？　怪我はないか？」

誠司くんは私をギュッと力強く抱きしめてきた。

目を白黒させて驚いていると、視界に入った海道さんがちょっぴり寂しそうにほほ笑んでいる姿が映る。

私と目が合うと、海道さんは「彼に縋っていいんだよ」と諭すように小さく頷いた。

震える手で誠司くんの背中に腕を回し、キュッと抱きつく。

すると、彼は感情を露にして怒鳴ってきた。

「俺がどんなに……、どんなに心配したと……っ！」

誠司くんの心の痛みが伝わってきた。

申し訳なさと、助け出してくれた嬉しさと感謝。色々な感情が入り交じって涙ぐんでしまう。

先程まであれだけ泣いていたのに、まだ私には泣く水分が残されていたようだ。

もう離さないとばかりに私を抱きしめてくる彼に、より近づく。

肌と肌。彼の熱が伝わってきてドキドキする。

こうして彼とくっつくことが、こんなに幸せな気持ちをもたらしてくれるなんて
……。

「誠司くん、ごめんなさい」

何も言わずに出ていってごめんなさい。心配をかけてごめんなさい。

貴方の気持ちを確かめずに、勝手に結論を出してごめんなさい。

彼には、色々と謝らなくてはいけない。それに、伝えたい想いだってたくさんある。

――もう逃げたくない。

現実を受け止めるのは勇気がいる。

先程の電話での誠司くんの言葉が本当なのか。まだ完全には受け入れられていない。

だけれど、私はもう逃げたくなかった。

だって、私の今も昔も誠司くんと一緒にいたいと思う気持ちに変わりはないのだから。

「誠司くん、あのね……」

早く彼に私の気持ちだけでも伝えたかった。

迷惑になるかもしれない。だけど、伝えずにはいられない。

口を開きかけたとき、店内に再び人がなだれ込んでくる。

どうやら警察官のようだ。

「愛住警視正」

彼の部下だろうか。誠司くんに声をかけてきた。

それを見た誠司くんは、私を力強く抱きしめたあと、耳元で囁いてくる。

「心愛、大丈夫か?」

「は、はい」

慌てて返事をすると、彼は腕を緩めて私の顔を覗き込んでくる。

だが、無言のままだ。

不思議に思って瞬きを繰り返していると、急に彼の顔が近づいてきた。

え、と驚いた瞬間、誠司くんは私にキスをしてきたのだ。

時間にして一秒、あるかないか。

それでも、私の唇には彼のぬくもりが残っている。

唖然としている私に、彼は真剣な目を向けてきた。

「行ってくる」

それだけ言うと、誠司くんはすぐに凛々しく緊張感のある顔になり、私から離れていく。

そして、部下だと思われる人たちにあれこれ指図をし始めた。

誠司くんが言っていた通り、すでに逮捕状が出ていたのだろう。

今回の詐欺事件に関与していた保世津組の男たちは、そのまま警察官に連行されていく。

そんな中、私はママさん、海道さんと共に店の中で事情聴取を受け、ようやく解放されたのはすっかり日が暮れて夜の帳《とばり》が降りた頃だった。

手分けして割れた花瓶などを片付け終え、ママさんは温かなおしぼりを差し出してくれる。

「ほら、心愛ちゃん。ちょっとリラックスしましょうか」

ママさんからおしぼりを受け取り、頬に当てる。じんわりとした熱を感じてホッとした。

そんな私に、海道さんは神妙な面持ちで私の足下に跪《ひざまず》いた。

「え？　海道さん？」

いきなりのことでビックリする。

彼を見下ろすと、真摯な目で見つめられた。

「心愛さん、申し訳ありませんでした」

「え？　海道さん？」

大いに慌ててしまった。頭を上げて欲しいとお願いしても、彼はなかなか上げてくれない。

困り果てて隣にいるママさんに視線を向けたのだが、にっこりとほほ笑むのみで助けてくれなかった。

「お願いですから！　海道さん!!」

必死にお願いして、ようやく海道さんは顔を上げてくれた。

「今回のこと、すべて私の不徳の致すところ。貴女に怖い思いをさせてしまいました」

「海道さん」

「申し訳ありませんでした」

彼の心痛が伝わってくる。だからこそ、私は何度も首を横に振った。

確かに今回の件については、きっかけは海道さんだ。

でも、海道さんは何も悪いことはしていない。ただ、事件に巻き込まれそうになっただけだ。

それなのに、彼が謝るのは違うと思う。

そう伝えると、彼は本当に困った様子で悲しそうに笑う。その寂しそうな表情に、胸が痛む。

何も言えずに見つめ合っていると、警察署へ行っていた誠司くんが戻ってきた。

私の腕を掴むと、私と海道さんとの距離を取るように誠司くんは私の肩を抱き寄せてくる。

「せ、誠司くん!?」

私を大事な宝物のような手つきで抱きながら、彼の視線は跪いている海道さんに向けられている。

「妻は連れて帰る」

淡々とした言葉にも、どこか敵対心剥き出しで警戒している様子がヒシヒシと伝わってくる。

誠司くんに肩を抱かれたままアワアワと慌てる私をよそに、海道さんは諦めたように小さく笑って立ち上がった。

「はいはい。わかっている」

肩を竦めたあと、彼は真顔になって誠司くんに視線を向けた。

「とにかく、二人でゆっくり話し合え。それだけだ」

言い終わると、彼は表情を緩めて私にほほ笑みかけてくる。

その笑みは、私が初めて海道さんと出会ったときと同じで柔らかで朗らかなものだった。

「心愛さん、私は貴女の幸せをいつまでも願っています」

「海道さん」

「さようなら、心愛さん」

これで会うのは最後です。海道さんは、そう言いたいのだろう。

元々私が誠司くんと結婚をした時点で、二度と私とは会わないつもりでいたと言っていた。

ただ、危険な出来事が起きたため、彼は再び私と会う覚悟を決めたのだ。私を助けるために。

彼の優しさと切なさが伝わってくる。だが、私は彼の気持ちに応えることはできない。

だから、もうここでさよならするべきだ。

「さようなら、海道さん」

私の顔を見て満面の笑みを浮かべたあと、海道さんは振り返ることなく店を出ていった。

その背中を見つめていると、ママさんが私の耳元で忠告してくる。

「心愛ちゃん。そろそろ現実に目を向けないと、嫉妬した旦那様に何をされるかわからないわよ？」

「え？」

目を瞬かせていると、ジリジリとした耐えがたい視線を一心に浴びていることに気がつく。

その視線の主は、言わずもがな誠司くんだった。

「せ、誠司くん……？」

異様な雰囲気に包まれている彼を見て顔を引き攣らせていると、誠司くんは私を一度腕の中から解放する。

そして、ママさんに頭を下げて感謝を伝えた。

「妻を守っていただき、ありがとうございました」

「いえいえ。初々《ういうい》しいご夫婦の惚気話《のろけ》を聞けて楽しかったからいいのよぉ」

その発言には反論したかった。別に私は惚気話をした覚えはない。

不服そうな目をしている私に気がついたのだろう。

ママさんはフフッと女の私でもドキッとしてしまうほど妖艶にほほ笑む。

そして、私にだけ聞こえるように耳元で囁いてくる。

「当事者たちは気がついていないみたいだけど、話の内容は惚気話よ？　心愛ちゃん」

「っ!?」

「大丈夫よ、心愛ちゃん。旦那様、あんなに嫉妬深い目で海道さんを見ていたぐらいだもの。心愛ちゃんは一生、彼のそばにいることになるわ」

そう言うと、ママさんは私から離れてにっこりと綺麗な笑みを浮かべた。

「もし、離婚したら、うちで雇ってあげるから。いつでもいらっしゃい？」

なぜか誠司くんに向かって意地悪く言うママさんに、彼は「勘弁してください」と肩を落とす。

そんな誠司くんを見て、ママさんは満足そうだ。

「心愛ちゃんを泣かせた罰よ」とニンマリと口角を上げるママさんに、誠司くんはなぜだか恐縮した様子で頭を下げた。

12

「心愛」

誠司くんが、背後から抱きしめてくる。耳元に残るのは、切実な想いを込めた声。

私は、彼のぬくもりに泣きたくなった。

公園裏手にある喫茶店から、誠司くんのマンションに戻ってきた。

誠司くんはまだ仕事が残っていたらしいのだけど、彼の上司が帰宅を勧めてくれたようだ。妻である私が事件に巻き込まれてしまって心細い気持ちでいるはずだから、と。その気持ちをありがたくいただき、こうして二人でマンションに帰宅した。

私はもう彼から逃げることはやめようと覚悟を決めている。

逃げたって何も変わらない。それなら玉砕覚悟でも自分の気持ちを伝えたかった。

だからこそ、誠司くんに促されるまま彼の車に乗り込み、一緒にマンションに戻ってきたのだけど……。

「ちょ、ちょっと待って。誠司くん！」

「心愛、心愛……っ」

玄関に入り、扉が閉まった途端。誠司くんは私を背後から覆い被さるように抱きしめ、何度も耳元で私の名前を愛おしそうに囁いてくる。

「心愛、もう……どこにも行くな」

「誠司くん」

「俺の元から離れるな。二度と……離さない」

胸が幸せで苦しくなる。私は彼の下を去らなくてもいい。そう言ってくれている。

誠司くんの想いが伝わってきて、頬が涙で濡れていく。

私の肩を抱きしめる彼の腕に触れ、背後にいる彼に問いかける。

「本当、ですか？」

「心愛？」

「本当に私を離さないでいてくれますか？」

期待で胸がドキドキする。キュッと彼の腕を掴んで聞くと、彼は頷いた。

「離さない。離せるはずないだろう」

「誠司くん」

切実な気持ちをぶつけられ、私は顔をクシャッと歪めた。

ポロポロと涙を流していると、誠司くんの手で身体を反転させられる。

背の高い彼は腰を屈めて、私の顔を覗き込んできた。

真摯な目で見つめられて、ドキッとする。

「心愛、お前が好きだ」

息が止まるかと思った。

いつか誠司くんに言ってもらいたいと思っていた言葉。でも、きっと一生聞くことはないと思っていた言葉。

それを今、彼が私に言ってくれるなんて……！

涙は止まることもなく、嗚咽する。

「本当？ 本当に？」

涙でグチャグチャな顔で彼を見上げる。

真摯な目で誠司くんは私を見つめて真剣な面持ちで深く頷く。

「ずっと言えなくて悪かった、心愛」

申し訳なさそうに言う彼を見て、私は何度も首を横に振る。

「誠司くんは悪くない。私が意気地なしだったんです」

「心愛？」

不思議そうな彼に、私はヒックヒックと嗚咽を漏らしながら自分の気持ちをぶちまけた。

「おばあちゃんの命日。私は卑怯なことをしました。本当は誠司くんが好きなのに、その気持ちを告げずに慰めて欲しいなんて言って抱いてもらった……。それなのに、誠司くんの重荷になりたくなくて、なかったことにして欲しいってお願いしてしまったんです」

静かに聞いていた彼だったが、目を少しだけ見開いて驚いた様子を見せてくる。

そんな彼を見て、ますます涙が止まらなくなる。

二人がギクシャクし始めた、最初のきっかけはあの夜だ。

誠司くんが好き。この気持ちを彼に告げたら、もう一緒にはいられなくなる。

恐れた私は、嘘の夫婦の関係を求めてしまった。だけど、あれが間違いの始まりだったのだ。

あの時、私が勇気を出して気持ちを伝えていれば、こんなに拗《こじ》れなかったはずだ。

彼のシャツをキュッと掴み、私は涙を流しながら顔を歪めて思いの丈を伝える。

「私、誠司くんに抱かれたかったんです。仮の夫婦じゃなくて、本当の夫婦になりたかった。だから、私……っ」

「心愛」

「誠司くんが好きだって伝えたかった。だけど、誠司くんが私を守るためだけに結婚したのを知っていたから。これ以上、迷惑はかけられないと思って言えなかったんです」

ごめんなさい、誠司くん。そう呟くと、彼にギュッと力強く抱きしめられた。

「謝るな。心愛は何も悪くない」

「誠司くん?」

「悪いのは俺の方だ」

彼は私の頭を撫でながら、悲痛な声で謝罪してくる。

「心愛が愛おしくて仕方がなかった。だから、心愛が俺を求めてくれて、あの夜は嬉しくて堪らなかった」

まさか、と目を見開いた。彼の言葉を聞いて、私を愛していることは伝わってきた。

だけど、あの一夜の時点で誠司くんは私を一人の女として見てくれていたというのか。

――嬉しい。嬉しくてどうにかなってしまいそう。

恥も外聞もなく、涙でクチャクチャになった顔で声を上げて泣いた。

「大好き。誠司くんが大好きです」

ようやく彼に自分の想いを告げられる。それが嬉しくて仕方がない。

コツンと彼の額が私の額にくっつく。ドキッと胸が高鳴って、なぜか涙が止まった。

そんな私を見て、彼は照れくさそうにほほ笑む。

どこか期待しているような目をして、私に問いかけてきた。

「この告白は、喫茶店で言おうとしていたことか？」

「あ……」

そう言えばと思い出す。誠司くんが助け出してくれたとき、私の気持ちを打ち明けようとした。しかし、彼の部下が話しかけてきて仕事に戻ってしまったから言いそびれてしまっていたのだけれど。

ジッと熱い視線で見つめてくる誠司くんを見て、私は小さく頷いた。

「そう、です」

「心愛」

「私、誠司くんが好きだって言いたかったんです」

ずっとずっと言いたかった、彼への気持ち。言うのを躊躇することは、もうしなくていい。

それが嬉しくて、何度も彼に伝えたくなってしまう。

チラリと彼を上目遣いで見つめてお願いをしてみる。

「誠司くん。お願いがありますっ」

「ど、どうした？」

なぜか誠司くんの顔が真っ赤に染まった。

彼は結構照れ屋だ。だけど、ここまで顔を真っ赤にしているのは初めて見る。

そのことに驚きながらも、私はちょっぴり恥ずかしくなって指を弄りながらモジモジとしてしまう。

「もっと、好きって言ってもいいですか？」

彼が一瞬、息を呑んだのがわかった。だが、その瞬間ふわりと私の身体が浮かんだ。

彼の逞しい腕に横抱きにされたからだ。

「え？　え？　誠司くん⁉」

私の驚く声は、彼の耳に届いているはず。それなのに、彼は何も言わず廊下に上がり、ズンズンと奥へと進んでいく。そして、着いたのは彼の部屋にあるベッドだった。

誠司くんはそのまま私をベッドにおろすと、覆い被さってくる。

あっという間の出来事すぎて目を瞬かせていると、彼は真剣な表情で私を見下ろしてきた。

「この部屋を主寝室にしよう。明日にでも、大きなベッドを買いに行くぞ」

「せ、誠司くん!?」

何がどうしてこうなったのか。誠司くんの目には淫欲めいた色が浮かんでいる。

ドキッとするほど淫らな色気を漂わせていて、彼から目が離せない。

ジッと見つめていると、どんどんと二人の距離が近づき、そして――。

「んんっ、ふ……っ」

あの夜を彷彿させるような激しく情熱的なキスをしてきたのだ。

口づけを繰り返しながら、誠司くんは私への愛を囁いていく。

「好きだ、心愛」

低く甘い声。腰が震えるほど、セクシーだ。

冷静なときに聞いたら、絶対に身悶《みもだ》えしてしまうほどの恥ずかしい言葉の数々に逆上《のぼ》せ上がってしまう。

「かわいい……、もっとキスしたい」

「うふ……っんん！」

「愛してる。心愛、愛しているんだ」

誠司くんの愛の言葉に、身体も心も甘く蕩かされていく。

ようやく唇が離れたと思ったら、彼は懇願を込めた目で私を見つめていた。

「心愛、抱きたい。ずっと、ずっと……我慢していた」

「誠司く……っ！」

首筋に彼の舌と唇が触れてくる。ゾクリとするほどの官能めいた刺激に腰の辺りが甘く痺れてしまう。

チュッとキツく吸いつかれた。きっと赤い痕が残ってしまっただろう。

「ま、待って。誠司くん」

「待てない。俺は、心愛が欲しい。全部欲しい」

彼は私の耳を舌で愛撫しながら、何度も繰り返し言う。

ゾクゾクと淫欲めいた痺れが背筋を走って、どうにかなってしまいそうだ。

彼は私を見下ろしながら、情欲を秘めた目で訴えかけてくる。

「心愛を愛したい。ダメか？」

伺いを立てながらも、彼の手は淫らに私の身体を弄り始めた。

服の上から胸に触れて揉んでくる。

思わず喘ぎ声を上げてしまった私を見て、彼の手はもっと先に進もうと試みてきた。

カットソーのボタンを外そうとした彼の手を、慌てて掴んで首を横に振る。

「ダメ！　ダメです、誠司くん」

「心愛？」

私が必死に制止すると、誠司くんはハッとしたように真っ青になって絶望の色を浮かべた。その表情を見て、私は慌てて「違うんです！」と起き上がって弁解する。

私が拒んだのは、誠司くんに触れられたくないから。そんなふうに彼は解釈したはずだ。そうではないのだと必死に訴える。

目に見えて落ち込む誠司くんは、どんどんと思考が悪い方へと向かっているように見える。

それをストップさせるため、私は咄嗟に叫んでいた。

「誠司くん！　今はダメ！　あと、一年後ぐらいなら大丈夫……だと思いますけど……。え？　どうなんだろう？　もっとあとじゃないとダメなのかな？」

なんと言っても妊娠したのは初めてだ。

わからないことだらけで、今から勉強しなくちゃいけないことばかりだ。

出産後、いつからセックスをしていいのか。それもわからないので曖昧《あいまい》な答えになってしまった。

一方の誠司くんは、意味がわからない様子で眉間に深い皺を刻んでいる。

苦渋に歪む表情を見るだけで、彼がどれだけ思い悩んでいるのか手に取るようにわかった。

「どういうことだ？　心愛。もしかして……なにか病気が発覚したとか？」

彼の顔が、ますます青くなっていく。

私が説明しようとしても、ブツブツと何かを呟きながら考え込んでしまっていて全然話を聞いてくれない。ようやくこちらを見たと思ったら、彼の腕に抱かれていた。

「安心しろ、心愛。俺がずっと支える。病気も二人で立ち向かおう」

ものすごく真剣な顔をして励ましてくれる。

そんな彼に、胸がキュンキュンしてしまう。

彼の包み込むような優しさは、昔からだ。

だけど、優しさより激しい彼からの愛を独占しているように感じて、それが嬉しくて仕方がない。彼の背中に腕を回して、私も彼に抱きついた。

「誠司くん、あのね……。私、赤ちゃん産みたいです」

「心愛？」

彼は私を腕の中から解放し、顔を覗き込んでくる。いきなり何を言い出したのかと思っているのだろう。目が泳ぎ、私の発言を理解しようと必死になっている。

そんな彼から一度離れて、彼の手を私のお腹に持っていく。

呆然としたままの誠司くんに、私は泣き笑いを浮かべた。

「ここにね、誠司くんと私の赤ちゃんがいるんです」

「……」

「今日、産婦人科で調べてもらったばかりで」

「……」

「誠司くん？」

彼は何も言わないで、私のお腹に手を当てて固まり続けていた。

そんな彼を見て悲しみが込み上げてくる。

私を愛している。彼はそう言ってくれた。だけど、もしかしてやはり子どもは考えられないとかだったらどうしよう。不安でいっぱいになり、目に涙が浮かんできてしまう。彼は家族愛に乏しい人生を送ってきた。だから家族は持たない、結婚はしないと決断していた人だ。

私との人生を歩むことは決めてくれたけれど、子どもは欲しくない。そういう可能性だってある。

でも、私は産みたい。彼との赤ちゃんだ。絶対に産みたい。

「あのね、誠司くん」

話しかけようとすると、突然スイッチが入ったように彼はあれこれ聞いてくる。すごく心配そうでもあり、どこか喜んでいるようにも見えた。

「体調は大丈夫か？　何か欲しいものとか、食べたいものはあるか？　今からスーパーに行ってくるから、なんでも言ってくれ」

「あ、あの……」

「今日のことで疲れているんじゃ……。もしかしてお腹の子どもにも悪影響が!?　明日病院に行こう。しっかり診てもらって、入院させてもらった方が――」

テンパっている誠司くんなんて、かなりレアだ。こんな誠司くん、初めて見た。

唖然としながら、私は小さく呟く。

「誠司くん……。喜んでくれているの？」

「当たり前だろう？　俺と心愛の子どもだぞ？　嬉しいに決まっている！」

言い切る彼を見つめて瞬きを繰り返していると、彼は恐る恐るといった手つきで私のお腹を撫でてきた。その優しくておっかなびっくりな彼の様子に涙が出てくる。

「ここに、赤ちゃんがいるのか……？」

「うん」

「俺と心愛の子どもがいるんだよな？」

泣き笑いしながら頷くと、感極まった様子の誠司くんの頬に一筋の涙が落ちていく。

「ここに、俺たちの家族がいるんだな」

「うん」

「嬉しい……。俺の家族が、また増えた」

目を真っ赤にして、誠司くんは幸せを噛みしめるように呟いた。

「ありがとう、心愛。……本当にありがとう」

「せ、誠司く……ん」

「俺と家族になってくれてありがとう」

涙声で何度も言う誠司くんを見ていたら、また泣けてきてしまった。

涙で滲む視界の中の彼に、私は何度も何度も頷く。

「心愛は知っていると思うが、俺は家族の愛というものを知らない」

「誠司くん」

「だけど、教えて欲しいんだ。心愛とこの子に。家族の愛を。頑張るから、俺を家族にして欲しい」

真剣な顔で言う誠司くんに手を伸ばして、彼の頬に触れる。

目を見開いて驚く彼に、私はとびっきりの笑顔を向けた。

「もう家族ですよ。誠司くんは、私とこの子の大事な人ですから」

ね？　と言いながら、誠司くんを見つめた。

そして誠司くんの手に自分の手を重ね、二人でゆっくりとした動作でお腹を撫でる。

涙をポロポロと流す私を、彼は優しく包み込むように抱きしめてくれた。

「心愛、俺と一緒に幸せになってくれるか？」

「もちろんです！　誠司くん」

これからもよろしく、と二人で頭を下げたあと、顔を見合わせて大笑いをした。

きっと今、お腹にいる赤ちゃんは私たちの笑い声を聞いているはずだ。

パパとママ。二人であなたに会える日を楽しみに待っているからね。

泣き笑いの二人の下に来てくれる子どもは、どんな子なのだろう。

想像しただけで、楽しみで幸せな気持ちになる。これからの愛住家についてああでもない、こうでもないと笑いながら話す時間はなんて幸せに満ちているのだろう。

「愛している、心愛」

「愛しています、誠司くん」

私たちは親しみと愛情を込めてチュッとキスをしたあと、誠司くんは私のお腹にも音を立ててキスをした。

エピローグ

その後の誠司くんと言えば、過保護に輪がかかり私を甘やかし、そして必要以上に心配し続けた。

それはもう、時に私が「誠司くん、やりすぎですっ！」と叫んでしまうほど。

元々誠司くんは私に対して過保護なところはあったが、ますますパワーアップしたように思う。

だが、誠司くんの変化は何も家庭内だけにとどまらなかった。

警察署内でも噂されるほどの変貌だったようで「あの愛住警視正が」と部下たちに言われるほど愛妻家になるなんて誰が予想しただろうか。

誠司くんは私の頬にキスをしたあとに、私の大きなお腹にもキスをする。

これは妊娠したことを告げた日からの日課になった。

愛住家の日常。幸せに満ちたこの空間に、もうすぐ家族が増える。

「もうすぐ会えるな」

「うん、そうだね」

時間があれば、いつもキスをする私たち。

お腹の中にいる赤ちゃんは、私たちをどう思っているのかな。

大きくなったお腹を撫でながら、私は未来に想いを馳せる。

私たちは一体、どんな家族になるのだろうか。

期待と少しだけ不安があるけれど、きっと大丈夫だ。

だって、私たちには心強く優しい誠司《パパ》くんがいる。

——安心して生まれてきてね。

待ちに待ったあの日、私たちの下に生まれてきてくれた待望の赤ちゃんは女の子だった。名前は、心《こころ》。誠司くんが名付けた。

『心愛みたいに優しい子に育って欲しいから、〝心愛〟の一文字をもらった』なんて真顔で言われて恥ずかしくなった。

生まれたばかりの心を抱きしめる誠司くんは涙ぐんでいて、そんな彼を見て幸せを噛みしめたことを一生忘れないだろう。

心の成長を一瞬たりとも見逃さない。そう誠司くんは豪語している。

出産前からある程度は予想できていたが、誠司くんは心にメロメロだ。

目に入れても痛くない、を体現していて、片時も心と離れたくないと公言しているほど。

出産してから一年が経過した今でも、誠司くんのスタンスは変わらない。

子育てには率先して参加し、仕事が忙しい中でも心のことをおろそかには絶対にしない。

最初こそ「心に誠司くんを取られちゃうかな」なんてジェラシーみたいなものをこっそりと抱いていたけれど、それは杞憂に過ぎなかった。だって……。

「もう、ダメですよ。誠司くん」

「あと少し。もう少し、心愛とキスしたい」

「で、でも……。そろそろ出掛けないと、仕事に遅れちゃいますよ」

「……」

無言だということは、このままでは遅刻してしまうとわかっている、だけど、我慢できないということなのだろうか。

何度もキスをしては、「愛している」と彼は囁く。

それでも出勤の時間は刻一刻と迫っている。トントンと彼の胸板を叩くと、ようやく諦めたようだ。

名残惜しそうにキスを止めたあと、私の耳元で囁いた。

「今日は早く帰ることができそうだから、心愛を抱きたい」

「っ！」

誠司くんは、あの事件以降、自分の気持ちを隠さなくなった。

お互いすれ違っていた過去があったからこそ、思っていることを言葉にするのは大切だと思っている。

だけど、こうして愛を直接的な言葉で言われるのには……今もまだ慣れない。

真っ赤になって固まっている私の額にキスをしたあと、彼は眠っている心のベッドへと近づく。

「行ってきます。ママの言うことを聞いて、いい子にしていろよ？」

寝ている心が起きないようにと小さな声で囁いたあと、誠司くんは部屋を出ていった。

パタンと玄関の扉が閉まる音を聞き、ぼうっとしてお見送りできなかったことを悔やむ。

「も、もう……、誠司くんったら」

まだ熱い顔を両手で押さえていると、ベビーベッドから泣き声が聞こえてきた。

現実に戻った私は、心を抱き上げる。

「おはよう。よく眠れたかな？」

グスグスと泣く心をだっこしながら、未来に思いを馳せる。

この子はどんな女の子になるのだろう。とても楽しみだ。

この子が幸せになるように、私と誠司くんでしっかりとサポートしよう。きっと誠司くんも同じ気持ちでいるはずだ。

抱き上げたことで安心したのか。こちらの頬が緩むほど、かわいらしい笑みを浮かべてくれた。

こんな笑みを誠司くんが見たら、顔を綻ばせて写真を撮りまくるに違いない。

想像したらおかしくなって、クスクスと声に出して笑ってしまった。

幸せを噛みしめながら、心の顔を覗き込む。

「私たちの元にやってきてくれて、ありがとう」

そう囁いたあと、心に頬ずりをした。

番外編　君が欲しいモノ

愛住誠司、三十三歳。県警捜査二課の課長をしている警視正だ。

独身時代の俺はとにかくぶっきらぼうであまり表情を緩ませない人物だと思われていたようで、部下からは恐れられていたらしい。

本人としては、別に怖がられることをしてきたつもりはないし、威圧的な態度を取った覚えもないのだが……。

しかし、周りの反応が変わったのはいつからだっただろうか。

おそらく、心愛と結婚したあたりからだったと思う。

少し性格が丸くなったのではないかと陰で言われているようだ。

そんな〝丸くなった愛住警視正〟だが、ここ数日はなぜだか部下たちは俺のことを遠巻きにしている。

なぜだろう、と不思議に思っていたのだが、暴力団対策課の蓮見警部が豪快に笑いながら指摘してきた。

「はぁ？　自分でわかっていないのか？　ここ数日、お前の顔、こんなふうになっているぞ？」

そう言って蓮見さんは眉間にたっぷりと皺を寄せ、顔を歪めた。

彼は、この県警一の強面だ。そんな彼が苦虫を噛み潰したような表情をすれば、誰しもが恐れるだろう。

俺は蓮見さんを見て、目を眇《すが》める。

「なんですか？　その顔。止めておいた方がいいですよ。蓮見さん、そうでなくても強面なんですから」

そう言って忠告をすると、蓮見さんは噛みつかんばかりの勢いで反論してきた。

「そうじゃない！　俺は、お前の顔を真似したんだよ！」

まじまじと彼の顔を見つめる。だが、さすがにこんなに怖い顔はしていないはずだ。

ふぅとため息をついたあと、彼から視線をそらして書類をめくる。

「俺はそんな顔していません」

「いや、しているんだって」

盛大にため息を零したあと、彼は椅子を引っ張ってきて隣に座った。

「で？」

「は？」

彼はニマニマと意味深な笑みを浮かべながら、俺の顔を覗き込んでくる。

邪魔ですよ、とそっけなく遇うのだけど、蓮見さんは気にしない様子でさらに笑みを深めた。

「何か悩み事か？」

思わず身体がビクッと揺れて、反応してしまう。

蓮見さんの言う通りで、確かに現在俺には悩み事がある。

だが、それを目の前のおっさんに知られるわけにはいかない。間違いなく、それをネタにからかってくるに違いないのだから。

素知らぬふりをして何も返事をしないでいると、蓮見さんはフフンとどこか得意げな表情を浮かべてきた。

「俺は、わかっちゃったもんねー」

「は？」

俺が地を這うような低い声を出すと、蓮見さんは口角をクイッと上げた。

クルクルと椅子を回しながら、再度「わかったもんねぇ」とふざけた口調で言ってくる。

彼が年上で先輩だということをすっかり忘れ、冷たい視線を向けた。

すると、俺がそんな反応をすることはわかっていたようで、蓮見さんは肩を震わせてクツクツと笑い出す。

「心愛ちゃんの誕生日プレゼント、何がいいかな〜？って、ずっと考えているんだろう？」

「っ！」

図星だった。あまりに言い当てられて、何も言えなくなる。

それもなんで蓮見さんが心愛の誕生日を知っているのか。

言い当てられたことも面白くないが、心愛の誕生日を彼が把握しているのも面白くない。

何より蓮見さんが「心愛ちゃん」と心愛のことを名前で呼ぶのも気に食わない。

ムッとして反応が遅れたことに焦っていると、「皆まで言うな」と蓮見さんは腕組みをしてうんうんとわかったような様子で頷いてくる。なんだか腹が立つ。

彼を一瞥したあと、再び書類をめくろうとすると、蓮見さんはそんな俺を止めてくる。

「おいおい、なんだよ。その反応は」

「別に」

「ハハハ。わかった。心愛ちゃんの誕生日を俺が知っているのが気に食わないんだな？　ん？　そうだろう？　まったくかわいいヤツだなぁ」

　そう言ってグリグリと頭を撫でてくる。その手を振り払ったのだが、懲りた様子はない。

　そんな彼を見て、とりあえず疑問だけは解決しておきたくなった。渋々といった素振りで聞く。

「どうして、心愛の誕生日を？」

「ん？　だって、心愛ちゃんのプロフィールは、捜査二課も暴力《う》団対策《ち》課も把握済みじゃねぇ？」

「……あぁ」

　確かにその通りだ。例の地面師詐欺事件の際、捜査線上に心愛の名前が挙がってきたことを思い出す。

　一瞬、どこかで蓮見さんと心愛が顔を合わせていたのではないかと疑ってしまった。ホッと胸を撫で下ろしたのだが、杞憂していた事態はあったようだ。

「まぁ、心愛ちゃんには挨拶したことあるけどね」

「はぁ!?　いつですか？」

「この前さ、うちの署に心愛ちゃん来てくれたのよ」

そんな話、聞いていない。怪訝に思っていると、蓮見さんはニカッと腹が立つほど満面の笑みを浮かべた。

「愛住が愛用のペンを忘れたからって届けてくれたんだよ。お前は気がつかなかっただろう？」

そんなことは知らない。憮然としていると、蓮見さんは手を組んで夢見がちに目を輝かせた。

「家に忘れていってしまったので、こっそり机の上に置いてもらってもいいですか？ってさ。自分が持ってきたって言うと、お前が気を遣うからって……できた嫁さんだよなぁ、と俺の顔を覗き込んで言ってくる。

なんだか悔しくなって、彼から視線をそらす。

まったく、食えないおっさんだ。

現在、この部屋に俺たちしかいないからいいものの、部下がいたらたまったものではない。

しかし、このまま言われっぱなしなのも癪に障る。

ツンと澄ましながら、再び蓮見さんに視線を向けた。

「うちの心愛が、できた妻だってことは俺が一番知っています」

そう言うと、蓮見さんは目を丸くさせて口を閉じる。だが、すぐにガハハと豪快に笑いながら腰を上げ、バシバシと俺の背中を叩いてきた。地味に痛い。

「お前、家で俺の話をしてくれているんだな。心愛ちゃんに名前を言ったら〝いつも主人がお世話になっております〟ってご丁寧に挨拶してくれたぞ～」

なんだかばつが悪い。確かに蓮見さんのことは、よく心愛に話している。

だからこそ、心愛は安心して蓮見さんに忘れ物であるペンを託したのだろう。

蓮見さんは椅子に座り直し、「まぁ、話を戻すが」と椅子の背もたれに寄り掛かる。

「明日だろう？　心愛ちゃんの誕生日。で？　悩みに悩んだ末の誕生日プレゼントは決まったのか？」

本当に腹が立つ。何もかもお見通しということだ。

ムッとしながらも、もしかしたら何かいい案を出してくれるかもという期待が出てくる。

なんと言っても、蓮見さんはなかなかにロマンチストであり、愛妻家でもある。

いつも愛だの恋だの言っては、はしゃいでいる人だ。

俺では思いつかないアイデアが出てくるかもしれない。

恥を忍んで、「これといってない」と伝える。

ネットで調べてみたけれど、どんなモノをプレゼントすれば心愛が喜ぶのか。恥ずかしながら全然わからないのだ。

一応、有給休暇は取ってある。一日一緒に過ごし、無難に花をプレゼントして、心愛の身体の調子がよければ外食をする。それぐらいしか思いつかない。

安定期に入ったとはいえ、やはり無理は禁物だ。

もし外食が無理そうだったら、ケーキや料理はマンション近くの店でテイクアウトしてこようとは思っているけれど……。

素直に蓮見さんに話すと、「ふーん、いいんじゃね？」と予想もしなかった答えが返ってきた。

蓮見さんのことだ。

「はぁ？　もっとロマンチックなこと考えろよ。プレゼント？　嫁さんがいつも何を見ているのか、何に興味を持っているのか。それぐらいは把握しておかなきゃ」

そんなふうに言ってくるとばかり思っていたのだが……。

目を丸くさせた俺を見て、蓮見さんはハハハと軽快に笑う。

「心愛ちゃん、お腹も大きくなってきたしな。それぐらいの内容の方がいいかも。もし体調が悪くなったときにさ、レストランを予約していたことを心愛ちゃんが知ったら申し訳なく思っちゃうかもしれないからなぁ」

「ええ。だから、あえて店の予約はしなかったんですけど……」

ほかに何かアドバイスがあるかと思ったのだが、特になさそうだ。

やはりこれぐらいが妥当なのだろう。

そう思っていると、蓮見さんが一通の封筒を差し出してきた。

「なんですか？　これ」

「ん？　俺から心愛ちゃんに誕生日プレゼント。渡しておいて」

それだけ言うと、「忙しい、忙しい」とあまり忙しくもなさそうな蓮見さんは部屋を出て行った。

「なんだったんだ、あの人は」

彼が置いていった封筒に視線を落とす。ごく普通の白い封筒だ。

透かして見ようとしたが、中身がなんなのかはわからない。ただ、本当に中に何か入っているのかと疑うほど厚みがなく薄い。

とりあえずその封筒を鞄の中へと入れたあと、残りわずかになっている仕事に取りかかった。

＊＊＊

「誕生日、おめでとう。心愛」

「ありがとう、誠司くん」

結局、なんの捻りもなくロマンチックなサプライズを用意できなかった俺は、当初の計画を遂行した。

家の近所にあるイタリアンレストランでピザやケーキをテイクアウトし、前々から注文をしていた花束を受け取ったあと、マンションに帰宅。

二人でささやかな誕生日パーティーをすることにした。

心愛に花束を渡すと、「花束なんてもらったことない！」とものすごく喜んでくれた。

──その笑顔が見たかったんだ。

心愛の笑顔が見られただけで幸せを感じる。

でも、やっぱり欲が出てくる。もっと彼女の笑顔が見たい。

来年はもっと前から色々とリサーチをして、最高の誕生日を演出しよう。

そんなことを決意していると、ふと蓮見さんから渡された封筒のことを思い出す。

嬉しそうに花束を抱えている心愛をリビングに残し、自室へ行って鞄を持ってきた。

「心愛。これ、蓮見さんから」

「え？　私に？」

今日は愛する妻である心愛の誕生日だ。本心を言えば、他人のプレゼントを当日心愛には渡したくない。

心が狭いと言われようが、なんと言われようが、イヤなものはイヤだ。

特別な日である今日は、俺が心愛のすべてを独占したい。

――なんて、大人げないよな。

そう思って手渡したのだが……。

封筒の中に入っていたのは、一枚の紙。何かが書かれているようだ。

それを熱心に読んでいた心愛は、急に頬を赤らめた。そして、すぐにその紙を封筒の中へとしまい込む。

その慌てた様子を見て、心愛に声をかける。

「蓮見さんからの手紙。なんて書いてあったんだ？」

そう聞くと、心愛はかわいらしい笑顔をまぶしいくらい振りまいてきた。

「私が一番欲しかったモノをくれたの」

聞き捨てならない。どうして俺からのプレゼントではなく、蓮見さんからのプレゼントに『一番』喜ぶのか。

渦巻くどす黒い感情を隠せずに黙り込んでいると、心愛が慌てだした。そして、蓮見さんからもらった封筒を差し出してくる。

「見てもいいよ？　誠司くん」

「いいのか？」

「うん。ちょっと恥ずかしいけど……」

どうして恥ずかしがる必要があるのか。意味がわからない。

――あのおっさん、何を心愛に渡したんだ⁉

事と次第によっては、蓮見さんを許さない。そう思いながら封筒の中身を取り出す。

「愛住誠司を一生独占できる券……？」

見慣れた蓮見さんの字でそう書かれている。これはいわゆる子どもが親などにプレゼントとして渡す定番のお手伝い券みたいなものだろうか。

どうしてこれを蓮見さんは心愛に渡したのか。その理由を考えながら心愛に視線を向けると、もじもじと指を弄りながら彼女は照れくさそうに言う。

「多分、蓮見さん。気がついちゃったのかも」

「え？」

「私が蓮見さんに嫉妬していることを」

心愛は顔を真っ赤にしながら、先日県警で蓮見さんと会ったときのことを教えてくれた。

忘れ物を持ってきたので届けて欲しいとお願いしたとき、少しだけ蓮見さんと話をしたらしい。

そのときに「いつも主人は蓮見さんのことばっかり話すんですよ」と言ってしまったのだという。

俺の口からよく出てくる〝蓮見さん〟。それを聞くたびに、ジェラシーを感じていたらしい。

「いや、蓮見さん。おっさんだし、奥さんいるけど？」

「わかっているもん。でも、私はなかなか誠司くんと一緒にいられないのに、蓮見さんはいつもそばにいられるのにって思うと……。悔しかったの！」

どうやら蓮見さんは、そのときの心愛の様子を見て、ピンときたのだろう。

心愛が俺との時間を欲していることを。そして、心愛が蓮見さんに対して嫉妬していたことを。

それがわかっただけでも幸せな気持ちになってくるが、何よりこの券を見たときの心愛の言葉だ。

『私が一番欲しいモノをくれたの』

あの言葉の〝一番欲しいモノ〟というのは、俺のことを言っているのだろう。

心愛は俺を独り占めしたいと考えていてくれるのか。

嬉しくなって、彼女を腕の中に閉じ込めた。

「誠司くん？」

急な出来事で驚いているのだろう。心愛の声が上擦っている。

何より、こういうスキンシップをあまりしない俺が心愛を求めている。その現実にビックリしているのかもしれない。

お腹に気をつけながら、彼女を優しく包み込むように抱きしめる。

「愛住誠司は、一生心愛のモノだ」

「誠司くん」

「そんなおっさんが寄越した券なんてなくても、俺はずっと心愛のそばにいる」

彼女の耳元でそう囁くと、コクンと小さく頷いた。そんな仕草もかわいくて仕方がない。

腰を屈め、心愛の顔を覗き込む。そして、優しいキスをひとつ贈った。

「愛してる、心愛」

頬を真っ赤に染めて涙目になっている心愛と、また唇を重ね合う。

――心愛が離れたいと言っても絶対に離さないのに。

心の奥がくすぐったくて、ほんわかと温かくなる。こんな感情、心愛と再会するまで忘れていた。

「愛しているよ、心愛」

何度も愛の言葉を囁き続けると、「もう胸がいっぱいです」と心愛は恥ずかしがる。

もう勘弁して欲しいということを言いたいのだろうけど、止めてあげない。

だって、ずっと独占したいと思っていたのは俺だって一緒だ。

これから何度だって言い続ける。

心愛が好きだよ、愛しているよ、と。一生言い続けるから。だから――。

「ずっと、そばにいて」

そう彼女の耳元で囁いた。

あとがき

ここまでお付き合いいただき、ありがとうございました。橘柚葉です。

マーマレード文庫様からは、七作目となります！　楽しんでいただけたでしょうか？

今回は「制服男子」と「年上の近所のお兄ちゃん」をテーマに書かせていただきました。

男性が着るスーツもそうなのですが、制服、作業着姿も素敵ですよね。

スーツや制服を着た瞬間、オフからビジネスモードにチェンジする、あのギャップに萌えるのは私だけではないはずだと信じています（笑）。

そして、もう一つのテーマが「年上の近所のお兄ちゃん」。〝近所〟というのがポイントです。

ご近所にいる自分とかなり年の離れたお兄ちゃんって、近寄りがたいけどすごく大人に見えていませんでしたか？　ついでに、憧れフィルターがかかって素敵に見えていたなぁ、と。

そんな気持ちを思い出しながら幼少期の心愛を書きましたが、特に思春期真っ只中の誠司のツンデレぶりを書くのが楽しかったです。

お読みくださった皆様にも伝わっているといいなぁ、なんて思います。


最後に、お礼を言わせてください。

表紙イラストは、芦原モカ先生に描いていただきました！　警視正姿の誠司の凛々しいこと！　彼の膝の上にいる心愛の愛くるしいこと！

初めて見たときには、あまりの素敵さに叫んでしまいました。芦原先生、本当にありがとうございました。

そして、マーマレード文庫編集部様、担当編集様などなど。たくさんの方がご尽力くださったからこそ、こうして作品を世に送り出すことができました。感謝でいっぱいです。ありがとうございました。

何より、この作品を読んでくださった皆様。最後までお読みいただき、本当にありがとうございました。

また別の作品でも、お会いできることを楽しみにしております。

橘　柚葉

マーマレード文庫

エリート警視正は溺愛旦那さま
～幼馴染みの彼との契約婚で懐妊しました～

2024年1月15日　第1刷発行　定価はカバーに表示してあります

著者　橘 柚葉　©YUZUHA TACHIBANA 2024
発行人　鈴木幸辰
発行所　株式会社ハーパーコリンズ・ジャパン
東京都千代田区大手町1-5-1
電話　04-2951-2000（注文）
0570-008091（読者サービス係）
印刷・製本　中央精版印刷株式会社

Printed in Japan ©K.K. HarperCollins Japan 2024
ISBN-978-4-596-53445-3